LOS MUROS INVISIBLES

RAMON MAS
LOS MUROS INVISIBLES

Traducción de Manuel Pérez Subirana

temas de hoy

Título original: *Els murs invisibles*

Corrección de estilo a cargo de Rosa Iglesias Madrigal

temas de hoy, un sello editorial de Editorial Planeta, S. A.
Avda. Diagonal, 662-664, 08034 Barcelona (España)
www.planetadelibros.com

Primera edición: febrero de 2024
ISBN: 978-84-19812-31-5
Depósito legal: B. 1.077-2024
Composición: Realización Planeta
Impresión y encuadernación: Liberdúplex
Printed in Spain - Impreso en España

Para Jordi,
el último skater *del Sucre*

You wake up to an empty night. With tears for two.

Jawbreaker,
«Kiss the bottle»

These days they will find us learning that we had it all wrong, but these days they will find us unashamed because we've been learning all along... and the radio plays a familiar song.

Defiance, Ohio,
«You are loved»

Una vez vi un cometa. Su fulgor partía en dos la noche más clara y las estrellas se apartaban para dejarle paso. En el cielo, la cola dibujaba una trayectoria firme, directa a estrellarse contra las montañas cercanas. Deslumbrado, eché a correr para perseguirlo, convencido de que podría desviarlo. Pero no contaba con que al tocarlo me quemaría, ni con que ante la determinación de un cuerpo celeste tus manos se vuelven piel muerta.

Viernes por la noche. 12 de marzo de 2004. Tengo veintidós años y estoy en la terraza interior de La Reina de África, un local clandestino de Vallcarca que acabo de descubrir y donde media década después daré algunos de los conciertos más bonitos de mi vida.

Hace tres años que vivo en Barcelona y, por fin, puedo decir que me he adaptado a la ciudad. El aterrizaje fue durísimo. Me pasé todo el primer curso encerrado en un apartamento del barrio de Sants, fumando porros y leyendo cualquier cosa oscura que cayese en mis manos mientras esperaba a que llegase el viernes para volver a Vic con la gente del Sucre. No me presenté a ningún examen ni amplié mi círculo social más allá de los tres tipos de Osona con los que compartía piso.

El curso siguiente ya fue otra cosa. Desde el primer día de clase se formó un pequeño círculo de afinidad y el embrión fue creciendo de manera orgánica. El nexo era la poesía. Nos reuníamos en la sala de estudio para compartir textos propios o ajenos mientras nos colocábamos, discutíamos sobre política y nos enamorábamos los unos de los otros. Organizábamos recitales poéticos y bebíamos absenta. Abrazábamos el cliché como si tuviésemos un biógrafo a nuestras espaldas, pero éramos sinceros, porque todo nos parecía nuevo y emocionante y estábamos convencidos de estar viviendo en las páginas de una novela.

Este año el asunto poético se ha desinflado un poco. Ha habido roces y rupturas. Además, ha entrado mucha gente nueva y el grupo se ha ramificado. Por mi parte, cada vez me siento más a gusto en Barcelona, donde me he creado un ecosistema a medida. Incluso he dejado el piso del barrio de Sants y me he instalado en Gracia con unos amigos mallorquines.

Hoy, en la Reina, somos una docena de estudiantes esparcidos alrededor de dos mesas repletas de cervezas. Los atentados en Madrid acaparan la mayor parte de las conversaciones. El Gobierno sigue diciendo que la masacre ha sido cosa de ETA, pero el resto de la humanidad ya ha llegado a la conclusión de que los responsables pertenecen a Al-Qaeda. Por si no tuviéramos carnaza suficiente, el domingo hay elecciones generales, así que todos nos sentimos un poco politólogos. Yo participo con afirmaciones rotundas poco contrastadas y dejo que el alcohol vaya diluyendo la indignación.

Media hora más tarde estoy hablando con Pep sobre su viaje en tren por el este de Europa. Experimento una sincera envidia por las aventuras que me cuenta, así que mientras lo escucho voy perfilando el proyecto de irme al extranjero una temporada. Una vibración en el bolsillo interrumpe mis divagaciones. Me parece extraño que alguien me envíe un mensaje a la una de la madrugada. Cojo el teléfono y veo que ha sido Raül. Dice que no se lo tengamos en cuenta y que nos despidamos de Aina de su parte. No lo entiendo. ¿Qué es lo que no le debemos tener en cuenta? Lo leo veinte veces sin llegar a procesar el contenido. Las palabras abren un socavón. Me asomo al abismo. Tengo miedo.

Cuando deduzco lo que Raül intenta decirme, una sombra me recorre el rostro. Aprieto el teléfono con fuerza y lo coloco bajo la mesa, buscándole un refugio frente a los curiosos, pero sin apartar los ojos de la pantalla. Pep ve cómo me derrumbo y reacciona al instante:

—¿Estás bien?

Levanto la vista hacia él, pero soy incapaz de mirarle a los ojos, así que vuelvo a concentrarme en el móvil. Lo dejo en mi regazo. Releo el texto una y otra vez.

—Ramon, ¿qué ha pasado?

No se lo puedo decir. No quiero decirlo.

—Raül, un amigo de Vic...

No consigo terminar la frase.

—¡Ramon!

Me pongo de pie como si un relámpago me atravesara la columna. Doy pasos vacilantes en todas direcciones. Dos compañeras que ven la escena se levantan y me preguntan si todo va bien. Soy incapaz de responder. Noto que alguien me abraza y me lo quito de encima con un movimiento brusco. De repente, todos estos a los que hasta hace cinco minutos consideraba mis amigos me parecen unos extraños. No saben de dónde vengo ni a qué mundo pertenezco. Ni siquiera conocen a Raül. Y ahora no puedo perder tiempo con explicaciones.

Lo que tengo que hacer es hablar con él.

Me refugio en el rincón opuesto de la terraza para tener un poco de intimidad. La primera llamada da línea. Un tono y me cuelga. Vuelvo a intentarlo. La segunda vez no llega a establecerse contacto, suena un clic y la llamada se interrumpe. Ha apagado el teléfono. Ya no volverá a encenderlo en toda la noche.

Comienza el cruce de llamadas con los amigos de Vic. Las hago y las recibo en todas direcciones. Mientras hablo, voy de un lado a otro esquivando mesas y sillas y personas de fiesta. Marcel ha recibido un mensaje, y Humbert, y Jordi. Todos han sacado la misma conclusión, pero quizá aún estemos a tiempo. Así que, mientras unos lo buscan por los sitios habituales, los otros van a casa de Aina para pedirle las llaves del piso.

Yo estoy atrapado en Barcelona, sin ningunas ganas de interactuar con esta gente que me rodea y maldiciendo el momento en que he decidido no subir a Vic en todo el fin de semana. Soy consciente de que mi presencia no cambiaría nada, pero, aun así, preferiría apaciguar mi angustia participando en la búsqueda. Aquí me siento totalmente inútil.

Ni siquiera me acabo la cerveza. Me despido de Pep con prisas mientras él intenta abrazarme y a los demás les digo adiós con la mano. Calculo cuánto tiempo falta para el primer tren y salgo del local. La acera desaparece bajo mis pies. Las fachadas, las farolas, los vehículos que circulan por la calzada: todo se desvanece detrás del decorado que conforman mis pensamientos.

A diez metros del piso de Torrent de l'Olla ralentizo el paso. Debería subir a buscar las llaves de casa de mis padres. Lleno los pulmones, aprieto los dientes y empiezo a subir los escalones de dos en dos. Mi habitación es zona catastrófica. El armario que se cae a pedazos, las dunas de ropa amontonada y el olor a dióxido de carbono me invitan a salir pitando. Incluso el techo parece más bajo de lo normal. También necesitaría una muda, pero no pienso adentrarme en ese caos. Me meto el llavero en el bolsillo y bajo corriendo. Mis compañeros de piso ni siquiera se darán cuenta de que he pasado por ahí.

La pantalla del teléfono se ilumina cada pocos minutos. Marcel y Humbert han localizado a Aina. Estaba con alguien y no los ha recibido precisamente con los brazos abiertos. A ella también le ha llegado un mensaje de Raül, pero se lo ha tomado de otro modo. Finalmente, tras un tenso intercambio de impresiones, les ha dejado las llaves. Ahora están a punto de entrar en su casa. Son conscientes de que lo más probable es que se lo encuentren muerto, pero también de que han de darse prisa, porque tal vez todavía estén a tiempo de llamar a una ambulancia. El móvil se queda en silencio durante unos minutos. Yo respiro con angustia y camino en círculos.

Hasta que vuelve a sonar.

—¡No está! —Marcel resopla como si acabara de correr una maratón—. En su casa no hay nadie. Hostia puta..., pensaba que... ¡Uff!... Debe de haberse escondido en algún sitio.

Que su cadáver no sea un hecho consumado es una pequeña victoria. Aun así, cuando ya llevamos dos minutos hablando la desazón vuelve a fustigarnos.

—Antes de venir hemos mirado en la balsa y en la Osoneta. Y Jordi está dando vueltas por su cuenta. ¡Vete a saber dónde coño se habrá metido!

—Tenéis que seguir intentándolo —digo—, todavía estamos a tiempo.

—No vamos a parar, pero es Raül: si se quería matar, ya lo habrá hecho, y si no quiere que lo encontremos, no lo encontraremos.

Poco después de las cinco me dicen que lo dejan. Han agotado los parques, las plazas y los rincones de bosque habituales. Lo mejor será continuar mañana, dicen. Haya pasado lo que haya pasado, hoy ya no podemos hacer nada. Solo nos queda cruzar los dedos y esperar. Me cuesta aceptarlo. Les pido que no se rindan, que lo sigan intentando, pero me dicen que es inútil y dejo de insistir, porque en el fondo sé que tienen razón. Además, yo todavía no he movido un dedo. Estoy sentado en un banco roñoso de la estación de plaza Catalunya con un zumbido en la cabeza y la maldita presión en el pecho. Necesito a mis amigos. En lugar de eso, me he de conformar con la veintena de desconocidos legañosos que esperan en el andén. Y, mientras tanto, Raül muriéndose vete a saber dónde. Creo que nunca he odiado tanto Barcelona.

Cuando el tren sale de los túneles subterráneos todavía es de noche. Soy el único pasajero del vagón. Me siento junto a la ventana, con la capucha puesta y la cabeza gacha. Los pensamientos me empujan hacia delante. Busco métodos de acción y me aferro a las posibilidades de éxito, porque Raül estará vivo hasta que la realidad me demuestre lo contrario y yo siempre he sido un escéptico.

También me martirizo por haberme descontextualizado. Me avergüenza que la tragedia me haya pillado en la capital. Normalmente subo a Vic el viernes por la tarde, en cuanto terminan las clases. Por mucho que me atraiga todo eso de la literatura, la filosofía y la bohemia afectada de clase media, este no es el lugar al que pertenezco; así que, después de pasarme cinco días frivolizando sobre temas trascendentales con personas a las que apenas conozco, cuando llega el fin de semana estoy loco por volver con mi gente. Pero hoy no he ido, hoy me he dejado seducir por el espejismo de la vida universitaria, y ahora tengo miedo de haberlo perdido para siempre.

Llego a Vic con las primeras luces de la mañana. Por fin estoy donde debía estar. Ahora me toca a mí. Porque Raül no está en su casa, de acuerdo, pero el coche tampoco, por lo que no puedo descartar la posibilidad de ver su Ford Fiesta apareciendo por una esquina. Así que me planto en la plaza de la estación, con el cuello erguido y la mirada tan despierta como la noche en vela me lo permite. Distribuyo mi atención entre las tres calles que confluyen en este punto en el que me encuentro, ahora una, ahora la otra, pero los coches nunca llegan por la dirección donde fijo mis ojos y me empiezo a marear. Decido moverme: me será más fácil mantener el equilibrio mientras camino.

La recta de quinientos metros que separa la Renfe de casa de mis padres es más larga que nunca. Cada pocos pasos me giro para asegurarme de que no ha llegado a la plaza mientras yo me alejaba; entonces, me pongo de puntillas para ver si hay algún vehículo circulando al otro lado de las vías y termino el ritual con una consulta rápida al teléfono móvil. No lo he guardado en el bolsillo desde el primer mensaje, hace ya más de cinco horas, y empiezo a sentir que lo tengo incrustado en la mano, como si fuese una prolongación de mi propio cuerpo. Me queda un siete por ciento de batería, lo bastante para corroborar que no ha habido ninguna novedad.

Continúo avanzando a zancadas rápidas, persiguiendo el punto de fuga de la calzada durante no más de quince o veinte metros, hasta que vuelvo a preguntarme si no se me habrá escapado algo y entonces me vuelvo de nuevo, echo una mirada y compruebo el teléfono una vez más.

Cuando, al fin, llego a la rotonda de Can Barnolas, me subo al muro que separa la acera del aparcamiento que hay sobre las vías. Las rotondas son ideales si buscas a alguien, porque aglutinan todas las direcciones posibles. Da igual si estás huyendo o regresando, si vas hacia el este o hacia el oeste: al final, tendrás que someterte a su fuerza centrífuga. Por eso me encomiendo a esta. Por eso y para retrasar unos minutos más el momento de rendirse.

Hago inventario mental de cada vehículo y de sus pasajeros. El primero es un hombre de cara redonda de mediana edad que lleva un chándal azul y el pelo con la raya al lado. Sin duda, se acaba de duchar. Debe de ir a pescar, a subir una montaña o a hacer cualquiera de esas cosas que hacen que la gente madrugue los fines de semana. El segundo coche es una carraca dorada con una abolladura en la puerta; dentro va una pareja de raveros con la música a todo trapo y las caras desencajadas. Conduce ella, con una mano en el volante y en la otra una lata de cerveza de medio litro; él lleva las gafas de sol puestas y marca el ritmo con los labios.

A los dos vehículos los he visto venir de lejos y por el color de la carrocería ya he sabido que no se trataba del suyo, pero el tercero se aproxima por el otro lado de la rotonda y solo escucho el ruido del motor. Un motor que podría pertenecer perfectamente al Ford Fiesta gris de Raül. Eso significaría que todo ha sido una alarma infundada y que estar vivo todavía vale la pena. Pero la ilusión se desvanece en cuanto el coche se hace visible. Es un todoterreno blanco y el desconocido que lo conduce es un individuo de aspecto neutro. Podría ser joven o viejo, podría acabar de despertarse o estar volviendo de fiesta. Al menos, los otros tenían algún motivo para pasar por aquí un sábado a primera hora de la mañana, pero este imbécil parece que esté dando vueltas porque no tiene nada mejor que hacer, como si en casa se aburriese y hubiese decidido venir a darme falsas esperanzas. Le digo «hijo de puta» con un grito seco, pero ni me ve ni me oye y continúa su camino hacia ninguna parte.

Entre coche y coche pueden pasar cinco minutos, tiempo suficiente para que se me empiecen a cerrar los ojos. Y cuando, al fin, se acerca un vehículo y hago el esfuerzo de concentrarme, solo consigo ver una pequeña mancha con ruedas que chispea. Mi turno no ha hecho sino comenzar y ya es hora de dejarlo. Además, tengo hambre. Así que me levanto y le digo buenas noches a Raül, porque, independientemente de lo que haya decidido hacer durante la madrugada, ya ha salido el sol y, si no está muerto (que lo esté es algo que no me entra en la cabeza), solo puede estar durmiendo.

En algún momento, mientras caminaba en espiral alrededor de plaza Catalunya, he escrito a mis padres para decirles que me había surgido una urgencia y que iría en el primer tren. Por eso, cuando entro en la cocina para coger un trozo de pan y me encuentro a mi madre preparándose un café con leche, no me pilla desprevenido. De todos modos, me entra la flojera. Su mirada, entre lastimera y curiosa, inquiere una explicación; pero es demasiado discreta para preguntarme directamente.

Me esfuerzo en disipar su inquietud. Intento poner palabras a la nebulosa que me ha traído desde La Reina de África hasta aquí, pero las frases se me atragantan antes de llegar a articular una afirmación y su rostro empieza a llenarse de arrugas. Opto por ser más genérico: le digo que Raül ha desaparecido, que nos ha enviado unos mensajes extraños y que no ha vuelto a su casa. Por la cara que pone me doy cuenta de que le cuesta interpretar lo que le acabo de decir, pero no lo concreto ni me explayo.

Mi padre, que está en el comedor haciendo sus estiramientos matinales, tiene la puerta abierta y el oído atento. De todos modos, tampoco interviene, así que doy por superado el trámite y voy a refugiarme a mi habitación con una botella de agua bajo el brazo. Antes de envolverme en la colcha, me arranco el móvil de la palma de la mano y lo dejo sobre la mesita, enchufado a la corriente y con el volumen al máximo.

Me despierta una llamada. Pese a que la estaba esperando, nunca habría adivinado la procedencia. Al otro lado de la línea no está Raül ni ningún amigo o conocido, sino la voz rugosa de una mujer madura que se dirige a mí en un tono entre afligido y malhumorado. Me pregunta si soy Ramon Mas y si conozco a un tal Raül Izquierdo. Mi mundo se queda a oscuras durante medio segundo.

—Sí, soy yo...

—Te llamo del Centro de Atención Primaria de Sant Hilari de Sacalm. Raül está aquí. Lo han encontrado dentro de un coche con el motor encendido y una manguera que redirigía el humo del tubo de escape hacia el interior del vehículo. También se había tomado una sobredosis de barbitúricos.

—¿Está vivo?

Lo está. Le han hecho un lavado de estómago y, en cuanto ha recuperado mínimamente la conciencia, le han preguntado a quién quería que llamasen para que lo fuese a buscar. El tenso silencio que se acumula entre las palabras de la mujer me deja claro que su presencia los incomoda y que cuanto antes nos lo llevemos, mejor.

Cuando cuelgo soy otra persona. No lo hemos perdido, pero ahora hay que actuar con diligencia, así que hago correr la buena noticia entre los amigos y organizo la expedición a Sant Hilari. Sin embargo, hay un detalle que se me ha clavado en la frente, un interrogante que continuará sin respuesta ya para siempre y que todavía hoy, mientras escribo esto, me parece un misterio: ¿por qué les dio mi número de teléfono? Les podría haber dicho que avisasen a su madre, o a su hermana, o a cualquier otro de los amigos que éramos como su familia en aquella época, entre los cuales había algunos más antiguos y más íntimos que yo. Nunca sabré si lo hizo porque yo aparecía en el sueño del que lo acababan de arrancar los médicos o si realmente creía que yo lo podía ayudar. Tal vez simplemente era el único número que recordaba. El caso es que entre las primeras palabras que pronunció al regresar de la muerte estaba mi nombre y que yo me lo tomé como si me hubiera elegido. Para mí era una demostración de amistad como nunca antes había recibido y al instante me autoasigné la responsabilidad de su supervivencia.

Hoy prefiero pensar que si les dio mi contacto no fue porque esperara nada de mí, sino que (como ocurre con casi todas las cosas que nos cambian la vida) fue fruto de una absurda casualidad. Pero en aquel momento, después de una noche de cabrona impotencia en la que me había recriminado una y mil veces no estar cerca de los míos, la idea de poder corresponder a su petición de ayuda me pareció un regalo.

De hecho, cuando unas horas más tarde le pregunté por qué les había dado mi número cuando yo ni siquiera tenía coche para ir a buscarlo a Sant Hilari, me miró con cara de «¿qué coño me estás contando?» y respondió que no recordaba haberlo hecho. Pero yo seguía entendiendo lo que me daba la gana, imaginaba que había dicho mi nombre mientras estaba medio dormido y que, por tanto, quien me había reclamado era su subconsciente. Eso, por supuesto, me llevaba a la conclusión de que su grito de auxilio era todavía más sincero, pues venía de más adentro.

De todos modos, estoy convencido de que, si quise asumir una tarea que me superaba, sin preocuparme por las consecuencias psicológicas y emocionales que pudiera acarrearme, fue por amor, y que, pese al final trágico, es una de las mejores cosas que he hecho nunca. No sé si ahora, con hijos, pareja estable y el peso de algunas de las losas de lo que llamamos vida adulta, me atrevería a dejarlo todo para ayudar a un amigo. Quiero pensar que sí, que cuando uno de ellos se vea arrastrado hacia el abismo y me pida que le eche una mano yo estaré ahí. Pero lo cierto es que no puedo asegurarlo: es probable que en el último instante dé un paso a un lado, consciente de que podría pasarme los próximos quince años con una herida abierta.

Marcel me hace una llamada perdida y me espera abajo. Humbert está en el asiento del copiloto con un cigarrillo en los labios. Los ojos de ambos delatan la noche de insomnio. Me subo y ponemos rumbo hacia la C-25. Nos cuesta mantener la conversación, que ya ha dejado atrás el mal trago de la noche anterior y se centra ahora en lo que nos encontraremos al llegar a Sant Hilari. Sant Hilari... ¿Qué coño se le ha perdido en Sant Hilari? Resoplamos y nos mordemos las uñas durante media hora.

Entramos en el Centro de Atención Primaria en tromba y sin miramientos, como si nuestra presencia allí fuese decisiva para restablecer el equilibrio universal. Pero enseguida nos obligan a recuperar el contacto con la realidad, la de las normas absurdas que se imponen sobre los sentimientos: no nos dejan entrar a los tres juntos. Obligan a Marcel y a Humbert a sentarse en la sala de espera y a mí me hacen pasar a la habitación en la que está Raül.

Me lo encuentro tumbado en una camilla, con la piel blanca y los ojos enrojecidos. Tiene las dos manos sobre la sábana y una vía clavada en el brazo derecho. Las muñecas son piel y hueso. Está despierto, pero profundamente drogado; aun así, al verme se echa a llorar. Dice que la ha cagado, que algo ha fallado y que por eso ha sobrevivido. «La manguera —dice—, no la puse bien.» Y se deshace en sollozos. No doy con ninguna palabra que pueda consolarlo, así que lo abrazo.

La doctora le saca la aguja de la vía y yo le ofrezco el hombro para ayudarlo a levantarse. Con cada paso parece que los tobillos se le vayan a romper en mil pedazos.

Cuando, por fin, atravesamos la puerta, aparecen los otros dos. Humbert me toma el relevo. Marcel permanece mudo a un lado, con el corazón encogido. Mientras recorremos el pasillo, la cabeza de Raül viene y va. Tan pronto se olvida de nosotros y se pone a pensar en voz alta con frases entrecortadas como nos redescubre a su lado, nos saluda en voz baja y vuelve a lamentarse por haber fracasado en su intento de morir.

Alguien nos ha dicho que hemos de llevarlo al Hospital General de Vic, que ya están avisados y que podemos entrar directamente por la puerta de urgencias, como si fuéramos una ambulancia. Ahora pienso que también podrían haber pedido una ambulancia de verdad, pero supongo que el protocolo exigía que alguien acompañase al suicida y parecía bastante evidente que ellos tenían mejores planes para aquel sábado.

Antes de volver a Vic hay que ir a buscar el coche de Raül, así que lo colocamos en el asiento de delante y dejamos que sea él mismo quien nos indique el camino. Resulta sorprendente la precisión con la que recuerda el lugar escogido para matarse. Incluso en el estado mental en el que se encuentra, que apenas le permite entender lo que ocurre a su alrededor, tiene claro cuál es el desvío que hemos de tomar para llegar al lugar exacto. Empezamos a intuir que no ha sido un suicidio en caliente.

El Ford Fiesta está en el margen de un pequeño camino junto al bosque. Nosotros tres bajamos para revisar el vehículo e inspeccionar la escena, pero él prefiere quedarse durmiendo en el coche de Marcel. El suyo tiene los bajos llenos de barro y varios arañazos nuevos. El asiento del conductor está inclinado hacia atrás y el cenicero está lleno de colillas. En el suelo hay un blíster de pastillas vacío y media docena de cedés sin caja ni funda. Poco después de la ruptura con Aina grabó un recopilatorio con canciones tristes y hace semanas que lo lleva puesto en el reproductor. De hecho, a juzgar por los discos que hay por el suelo, parece que se haya pasado la noche buscando temas que añadir a la lista.

En el asiento trasero hay un libro mío. Es un cómic de Daniel Clowes titulado *David Boring*. No hace mucho me contó que, desde que vivía solo, las horas se le hacían muy largas y necesitaba cosas para distraerse, así que había decidido volver a leer tebeos. Además, últimamente dibujaba mucho y los cómics le servían para motivarse. Yo le dejé el último que me había gustado, aunque no se lo llegó a leer. Como él mismo me contaría unos días más tarde, se lo había llevado para entretenerse mientras esperaba a que se le parara el corazón, pero le costaba demasiado concentrarse y no pasó de las primeras páginas.

Lo que más nos impresiona es el agujero de cuatro centímetros de diámetro que ha hecho en la carrocería, justo debajo del asiento trasero: una entrada perfecta por la que poder pasar la manguera sin que el gas se escape.

Uno de los textos de Raül que ahora mismo tengo sobre la mesa, escrito poco después de estos hechos, se titula *Loco de amor/Cuerdo ante la muerte.* Explica la tranquilidad y la serenidad con que, cuatro días antes, había ido a la ferretería a comprar tres metros de manguera de diámetro mediano y un rollo de cinta americana especialmente resistente. También afirma que la angustia, la desesperación y la melancolía que lo aquejaban como una especie de locura transitoria se habían transformado en una aparente frialdad ante su propósito de morir.

Después describe cómo aquel viernes, tras una discusión telefónica con Aina, intentó salir por Vic con algunos amigos, pero todas las conversaciones le parecían muy lejanas, porque no tenían nada que ver con el tema que lo obsesionaba. Así que se marchó del bar decidido a hacer lo que tenía en mente. Se tomó nueve somníferos de golpe y condujo hasta aquel rincón apartado, donde conectó la manguera y se tomó el resto de las pastillas, veintidós en total. Su intención era esperar el final mientras dormía plácidamente y asegura que se sentía feliz de saber que lo dejaría todo atrás. Por suerte para nosotros, no tuvo en cuenta que la alta temperatura del tubo de escape fundiría la cinta adhesiva que sujetaba la manguera.

A la mañana siguiente, la escena ha perdido el aire romántico que Raül infundía a sus textos. Se impone un pragmatismo malsano. El dilema que *a priori* se nos presenta es quién llevará su coche hasta Vic. Pero que eso pueda ser un problema solo lo pienso yo (que ni tengo carné ni suelo plantearme cómo llegar o marcharme de los sitios), porque era algo que, antes de pasar a buscarme, los otros dos ya habían resuelto. Así que lo despertamos y le vamos hablando hasta que se da cuenta de dónde está y quién lo acompaña.

—Necesitamos las llaves del coche. Humbert te lo dejará aparcado delante de casa.

Él no responde, pero señala el bolsillo derecho de sus pantalones beis y se inclina con dificultad hacia la izquierda. Marcel introduce la mano y saca un llavero pesado y voluminoso.

Humbert le da al contacto y un ruido brutal nos expulsa del vehículo. El volumen es atronador. Tardamos dos segundos en entender que son los altavoces. Quien sea que se lo ha encontrado no se ha molestado en apagar la radio. No nos extraña que haya querido dejar el mundo con la música a toda hostia, porque así es como le gusta hacerlo todo; y sí, ya sé que es una manía muy común eso de intentar mejorar cualquier experiencia acompañándola con la música adecuada, pero él siempre la ha llevado unos cuantos decibelios por encima del resto de los mortales.

Cuando el ruido se modula, afinamos el oído y reconocemos la tonada de *Creep*. Es una de las pocas canciones de Radiohead que forman parte de nuestro imaginario sonoro. La melancolía rabiosa de la melodía se nos clava en el estómago y la letra, la puta letra que en ese momento somos incapaces de traducir, habla por él. Nos dice: «I'm a creep, I'm a weirdoo, what the hell am I doing here? I don't belong here».

Y en ese momento, antes incluso de oírselo decir a él o de leer los textos en los que lo relataría con detalle, entendimos que aquello no era fruto de un arrebato. Había planificado minuciosamente la puesta en escena: el bosque, la noche, los mensajes de despedida a la gente que quería, las canciones de Logh, Cobolt, Engine Down o Sunny Day Real State; incluso el cómic que no llegó a leer formaba parte del escenario que había ideado.

Raül siempre tuvo la manía de crearse su propio contexto, de proyectar un entorno que lo representara, infundiendo una huella propia a todo lo que para él era importante. Y eso, como acabábamos de descubrir, también incluía el suicidio. Por tanto, nos tocaba asumir que no había sido un intento de llamar la atención y que si todavía seguía vivo era por casualidad.

Nos dicen que lo tendrán veinticuatro horas en observación y alguien se encarga de avisar a su madre. Es sábado y una inoportuna coincidencia ha hecho que esta misma noche tuviéramos organizado un concierto en el Gurb Bar. Tocan los Nueva Vulcano y unos alemanes llamados Jettison. Marc Parramon, un amigo de Manlleu que ahora vive en Barcelona, nos dice que no nos preocupemos por eso, que él se ocupará de todo.

Son las seis de la tarde y estamos en el comedor de la casa de Raül. Marcel y Jordi se sientan en el sofá; yo, a la mesa; Humbert fuma de pie junto a la ventana. Acabamos de hacerle una visita en el hospital. Hemos ido armados con nuestras mejores sonrisas, fingiendo alegría y dispuestos a hacer ver que todo había sido un patinazo sin importancia. Él estaba consciente pero un poco grogui, le habían hecho un lavado de estómago nada más llegar y lo mantenían sedado por vía intravenosa. Aun así, se ha alegrado de vernos.

—Eh... Hola... Vaya tela, ¿no? —ha dicho frunciendo las cejas como un niño pequeño al que acaban de sorprender haciendo cosas de mayores.

—¡Joder, vaya susto nos has dado! —he respondido yo entre risas.

De golpe, se ha puesto serio.

—Lo siento.

No esperaba que mi comentario sonara como un reproche; solo quería quitarle hierro al asunto, pero era evidente que él aún no estaba preparado para frivolidades. Por suerte, Humbert se ha sacado de la manga un cambio de tema técnico y Raül se ha dejado llevar por el bienestar físico que le proporcionaban los opiáceos.

De todos modos, durante la visita nos ha pedido perdón varias veces. Era una petición de disculpas sincera pero espinosa, porque no se excusaba por haber querido quitarse la vida, sino por habernos involucrado en el asunto. Nosotros tragábamos saliva y desviábamos la conversación hacia algún chisme sobre algún amigo que no estaba allí o hacia alguna anécdota jocosa aliñada con bromas recurrentes. Pero nuestras voces rezumaban angustia y él se sorprendía de vernos jodidos, así que volvía a lamentarse, como si hasta ahora nuestra tristeza no hubiera entrado en sus cálculos.

También nos ha dicho que mañana le dejarán volver a casa y que le darán una baja de al menos una semana, por lo que estará varios días sin pasarse por la fábrica de Casa Tarradellas. Esto, que en cualquier otro momento habría sido motivo de celebración y comportaría la elaboración instantánea de planes locos, ahora lo mantiene inquieto, porque no quiere quedarse solo viendo pasar las horas mientras se come el tarro.

Cuando han llegado su madre y su hermana, lo hemos interpretado como un cambio de turno y hemos venido a su piso. Resulta raro estar aquí sin él, pero Raül es el único del grupo que no vive con la familia y no se nos ocurre ningún sitio mejor para refugiarnos del ambiente de Vic. Además, estar juntos nos ayuda a neutralizar la aflicción. Entre nosotros, el malestar es tan obvio que no hace falta expresarlo. Eso permite que aparezcan brechas y que, de vez en cuando, logremos mirar hacia otro lado. Pero dura poco, porque todavía tenemos la impresión de que, si hablamos de algo agradable, si nos reímos o contamos chistes banales, le estamos faltando al respeto.

Al cabo de un rato suena el timbre y sube Antònia. Se ha escapado un momento del hospital y ha venido a buscar una muda limpia para cuando le den el alta a su hijo. Dice que también le llevará cuatro revistas de *skate* para que se entretenga, aunque duda de que pueda enfocar la vista en la letra impresa.

—También quería hablar con vosotros. —Nos lo dice con un aplomo que la llena de autoridad. La escuchamos—. Estos primeros días tenemos que hacer un esfuerzo para no dejarlo solo, es muy importante que estéis a su lado. —Me pongo en guardia: ¿desde cuándo un adulto tiene algo que decir sobre nuestra relación con Raül?—. Deberíamos intentar organizarnos entre todos para hacerle compañía. Ya he hablado con él y hemos decidido que me voy a instalar aquí unos días. —Eso sí que me pilla desprevenido; no es que tengan una relación idílica, precisamente—. He llamado al trabajo y me han dicho que puedo librar el lunes y el martes, pero a partir del miércoles tendré que ir a trabajar y me preocupa que se quede solo por las mañanas.

Combato mis recelos. Esta mujer lo parió. Esta mujer lo quiere de manera incondicional. Da igual que me haya pasado siete años oyendo a Raül decir lo contrario. Ella quiere cuidarlo. Lo acaba de demostrar y tengo que estarle agradecido, por mucho que me cueste. Además, se comporta como si lo tuviera todo controlado, como si supiera qué hay que hacer a partir de ahora, y a nosotros nos quita un peso de encima. Quizá simplemente tiene más experiencia. A mí no me conoce de nada, ni siquiera sabe mi nombre, pero me habla con una familiaridad y una templanza que desmonta toda suspicacia. Sin embargo, más allá de los asentimientos y la constatación de la disponibilidad de cada uno, continúan las caras largas.

—Raül tiene una suerte inmensa de tener unos amigos como vosotros, está muy bien que os cuidéis mutuamente.

Nadie levanta la mirada y entonces ella intenta soplar la nube gris que preside el comedor.

—¿Iréis a votar mañana?

Le decimos que no queremos saber nada de partidos políticos ni de su teatro disfrazado de democracia. «Y eso que quizá esta vez valdría la pena —contesto—, aunque solo sea para sacar a Aznar: la reacción del Gobierno tras el atentado en Madrid ha sido vergonzosa.» Mi comentario tira de un hilo que desemboca en una discusión animada pero bastante unánime. Antònia permanece en silencio. Tiene la mente en otro lugar. Tal vez se está preguntando si su hijo ha votado alguna vez o si se siente atraído por alguna ideología.

Abandonamos el piso todos juntos. Ella regresa al hospital y nosotros vamos a comer un bocadillo a la otra punta de Vic, lo más lejos posible del centro. Por el camino hablamos del concierto. La sola idea de cantar y bailar nos parece grotesca. Ni siquiera nos apetece emborracharnos. Pero, a mí, lo que me produce auténtico vértigo es tener que contarlo. Me aterroriza la idea de que alguien me mire a los ojos y me pregunte qué le ha pasado a Raül. Me resulta indiferente si lo hace movido por una curiosidad morbosa o por una preocupación sincera, me da igual si es un conocido lejano o una persona que lo quiere de verdad; ahora mismo, cualquier intento de establecer contacto conmigo por parte de alguien que no sea del núcleo duro del Sucre me parecerá una intrusión. Somos los integrantes de una secta, los habitantes de una dimensión paralela, nos basta con relacionarnos entre nosotros.

A pesar de que la decisión ya está tomada, antes de retirarnos a casa pasamos en coche por delante del Gurb Bar, como si nos doliera no asistir al concierto que nosotros mismos hemos programado y buscáramos algo que nos haga cambiar de opinión. En la acera, hablando con Marc Parramon, está Edi, que estudia con el batería de los Nueva Vulcano y nos ha hecho de enlace con el grupo. Probablemente son los dos únicos asistentes que saben lo que ha pasado con Raül, pero están de espaldas y no llegan a vernos. Entre grupo y grupo sortearán una cesta con discos y fanzines entre el público (el método que se han inventado para poder pagar a los músicos en un local donde no nos dejan cobrar entrada), y tiene toda la pinta de que será una noche memorable.

Era una de las cosas que hacíamos: montar conciertos con las bandas que nos gustaban y con quienes, a menudo, acabábamos haciéndonos amigos. No nos movía ningún interés económico, ya que el noventa por ciento de los eventos que organizábamos eran deficitarios, y si por casualidad algún día sobraban cuatro duros, se los dábamos a los grupos que habían tocado. Lo hacíamos para poder escuchar en directo la música que nos gustaba. E independientemente de si las bandas venían de Terrassa, del País Vasco o de la otra punta del mundo, nuestra entrega antes, durante y después del concierto era absoluta. Si a eso le sumamos los saraos que organizaban la gente de Torelló, los de Tona y los de Manlleu, resulta que teníamos una magnífica escena local, con bastantes grupos autóctonos y conciertos cada pocas semanas. Era nuestra alternativa nocturna al Vic de bar aséptico y discoteca pija.

Sin embargo, lo que en primera instancia unió a la gente del Sucre, y de eso hacía ya ocho años, fue el *skate*. Para nosotros poco tenía que ver con el deporte. Era una actitud. También una cuestión estética que penetraba todos los ámbitos de la vida cotidiana, desde la ropa que llevábamos hasta la forma de saludarnos. Pero lo más fascinante de la cultura del monopatín es la forma de relacionarse con el paisaje urbano, de reinterpretarlo. Lugares que en teoría son de paso se convierten en lugares de esparcimiento y se acaban transformando en centros de relaciones sociales para mucha gente, independientemente de si patinan o no.

Todavía no había ningún *skatepark* en la comarca, así que radiografiábamos la ciudad en busca de obstáculos que nos sirvieran para practicar nuevos trucos, desde los bancos de la estación de autobuses hasta las escaleras del Mercado Municipal. Eran los mismos criterios con los que explorábamos la geografía catalana y que nos llevaban hasta la plaza de la Constitución de Girona, la de las escaleras de Granollers, o la de Sants, en Barcelona.

Pero nuestra casa era la antigua fábrica de azúcar construida a finales del siglo XIX en las afueras de Vic, adquirida y remodelada por el Ayuntamiento a mediados de la década de los noventa. Las recientes obras abarcaban los alrededores del edificio: espacios amplios que habían sido pavimentados y donde ahora había bancos de metal, planos inclinados, barandillas y diversos bloques de mármol por los que saltar. Parecía hecho expresamente para patinar.

Aquel rincón apartado donde pasábamos las tardes patinando se convirtió primero en nuestro refugio y, más adelante, en nuestra identidad. Fueras a la hora del día que fueras sabías que te encontrarías a alguien con quien tenías cosas en común. Esto, para un adolescente que está buscando su sitio en los márgenes de lo que todo el mundo considera «normal», es un auténtico regalo. El Sucre era la fisura en la que siempre he aspirado a vivir: un territorio mítico poblado únicamente por amigos.

En lugar de juntarnos con la gente que el azar nos había puesto como compañeros de clase o de trabajo, habíamos preferido arroparnos alrededor de una subcultura. Dos de un instituto, tres de otro, un par que ya trabajaban, varios que vivíamos en pueblos de alrededor... Si no hubiera sido por el monopatín, nunca nos habríamos conocido. Sin embargo, una vez naturalizado el punto de reunión, se fue forjando un marco mental común con nuestros propios referentes culturales. También teníamos mitos e hitos históricos, además de diversas tradiciones que surgían de la nada y pasaban a formar parte de nuestro calendario, como el campeonato de Lleida, el Sant Feliu Fest o las noches en Platja d'Aro.

También había quienes no se habían subido nunca a un monopatín. Venían a sentarse en el banco de hierro para escuchar música, fumar porros, contar chistes o hablar de chicas. Algunos incluso se habían comprado un *skate* como excusa para formar parte de aquello. Vic ofrecía pocas opciones que no estuvieran organizadas o controladas por los adultos. Y para muchos de nosotros la única alternativa a ir al Sucre era pasarse el fin de semana encerrado en un local, consumiendo drogas y jugando con la videoconsola.

23 de octubre de 1996. Tengo catorce años, pero no las tengo todas conmigo. Hace un mes que he empezado en el instituto de Vic, donde de momento me he juntado con un par de chicos que ya conocía. Hasta ahora, al salir de clase cada tarde había vuelto al pueblo en autobús, pero hoy he bajado con la Vespino y llevo el monopatín atado a la mochila. He quedado con Ramon Boixeda, el amigo de Sant Julià con quien lo comparto casi todo, que después de clase iremos al Sucre, donde se reúnen los *skaters* de la ciudad.

En el pueblo hace ya algunos años que nos sentimos los amos de la calle, hemos saltado por todas las aceras y nos hemos lanzado por todas las bajadas intentando armar tanto escándalo como fuera posible, pero la gente de Vic juega en otra liga. De lejos hemos podido ver a Raül y Rubén y nos ha entrado el canguelo. Somos conscientes de que en comparación con ellos nuestro nivel es mediocre, así que, en lugar de ir a la zona de debajo del puente donde se concentra el ambiente, nos quedamos al otro lado del edificio.

Practicamos un rato por nuestra cuenta, motivadísimos con los bloques de mármol y los planos inclinados. El mobiliario urbano parece sacado de la *Transworld Skateboarding*. Cuando llevamos diez minutos aparecen dos chicos deslizándose sobre sus tablas. El más joven se marca todo tipo de trucos espectaculares ante nosotros, mientras que el otro, que debe de rondar los diecinueve años, se presenta con educación. Se llama Rubén. No se lo decimos, pero sabemos perfectamente quién es. Hace tiempo que oímos hablar de él como el mejor *skater* de la comarca y también como el amigo inseparable de Raül Izquierdo. El que viene con él deja de patinar solo durante tres segundos, lo justo para decirnos que se llama Jordi, pero que todo el mundo lo llama Pe-P.

Los seguimos hasta debajo del puente, donde nos presentan a los demás. Raül está sentado en el banco de hierro, con los auriculares puestos a un volumen que se puede oír a tres metros de distancia. A su lado, con sus propios auriculares y cara de no saber si es de día o de noche, está Marc, que refunfuña cuando los demás lo presentan como el Salchicha. Excepto Jordi, que debe de tener nuestra edad, todos son bastante mayores que nosotros, pero nos reciben efusivamente. Desde hace algún tiempo, en la Plana de Vic los *skaters* se han convertido en una especie en peligro de extinción (eso cambiará repentinamente en los próximos meses), y ver que hay sangre nueva les ha despertado cierto sentimiento de fraternidad.

—Nosotros siempre patinamos en esta parte del Sucre —dice Rubén—. Venid cuando queráis, mola que seamos muchos.

Raül va hacia donde está Jordi y empieza a intentar piruetas sin esforzarse demasiado.

—Ayer fuimos a un concierto en Barna —apunta Rubén—, por eso estamos a medio gas.

Los tres hacen trucos que solo he visto en las revistas. El Salchicha, en cambio, no va más allá de tres metros del banco; ni siquiera llega a embalarse, se queda parado sobre la tabla y mueve la cabeza al ritmo de la música. Los novatos nos sentimos observados. Está claro que quieren valorar nuestro potencial. Por eso me limito a probar *variales*, un truco sencillo que evitará que haga el ridículo con una caída tonta. Pero Ramon Boixeda lo está dando todo, intenta cosas complicadísimas y a veces incluso le salen, como si hasta entonces, en el pueblo, solo hubiera estado entrenándose para cuando llegara este día.

Este es mi primer contacto con el Sucre y sus habitantes primigenios, y lo que más me impresiona no es la forma en que nos acogen ni la habilidad de Rubén y Raül encima de la tabla, sino las camisetas que llevan. Nunca había visto el nombre de mis bandas favoritas estampados en otro lugar que no fueran las portadas de los discos y, de hecho, apenas conocía a nadie que le gustaran. Por si fuera poco, resulta que se las compraron el día anterior en la sala Garatge, donde los NOFX presentaban su mítico *Punk in Drublic*, con Good Riddance y The Vandals como teloneros. Es esa conjunción de las dos cosas que más me interesan del mundo en un pequeño grupo de gente lo que hace que, por primera vez en mi vida, desee sentirme parte de algo.

En cuanto a Raül, ni Ramon Boixeda ni yo necesitamos que nos lo señalen con el dedo. El nombre de Raül Izquierdo es una leyenda para los chicos de mi generación, una auténtica máquina de generar rumores desagradables, buena parte de los cuales, como él no se cansa de aclarar, son mentira. Porque, si bien es cierto que hace tonterías, no siempre coinciden con las que la gente cuenta. Hay quien lo considera un delincuente juvenil, un loco peligroso o un bala perdida; pero la mayoría de los que lo juzgan solo lo han visto de lejos.

Ramon Boixeda y yo tampoco lo hemos tratado nunca, pero sí lo hemos tenido cerca, porque durante un curso, cuando yo tenía diez años, vino a nuestra escuela. En cuestión de semanas se convirtió en un fenómeno. Era el típico alumno de octavo que atemorizaba a los pequeños y amargaba a los mayores. Su llegada fue precedida de una fama admirable: unos decían que lo habían expulsado de siete escuelas; otros, de nueve; otros, de trece, y, al parecer, siempre por boicotear a los profesores.

El caso es que durante tres trimestres fue al curso de mi hermano mayor, que, para entretenerme, me contaba las animaladas que hacía su nuevo compañero de clase, a quien consideraba más un payaso que una amenaza. De hecho, la única imagen que conservo de aquel tiempo, y vivida en primera persona, es la de Raül corriendo por el patio en dirección a las aulas enseñando el culo para escandalizar al personal mientras cantaba burradas incendiarias. Lo expulsaron pocos días antes de que acabara el curso. Y cuando cuatro años después, durante aquella primera tarde en el Sucre, Ramon Boixeda y yo le dijimos que lo recordábamos del colegio del Roser, todavía se mostraba resentido.

—Me expulsaron de muchos colegios y la verdad es que al final ya me importaba una mierda, pero hay que ser muy cabrón para hacerlo la última semana del curso. Me faltaban cinco putos días para sacarme la EGB.

En cuestión de meses, el Sucre congregó a una veintena de descarriados de aquí y de allá. El *boom* comercial de grupos como Green Day y Offspring, o de veteranos como Bad Religion, había acercado a muchos adolescentes a la subcultura del *hardcore* melódico y, por extensión, el monopatín volvió a ponerse de moda. De repente, todos los jóvenes de la comarca habían oído hablar de «los del Sucre», y nuestro sentimiento de pertenencia a la tribu se acrecentó exponencialmente.

Ser del Sucre se convirtió en nuestra armadura. Sentir que formabas parte de aquello te ayudaba a no sucumbir a los convencionalismos. Ya fuera en el trabajo o en el instituto, todos nos pasábamos la mayor parte del día rodeados de personas cuyas prioridades nos resultaban antagónicas. Sus perspectivas de futuro entraban dentro de los esquemas preestablecidos, querían un buen coche y un trabajo respetable, follar como campeones en las discotecas durante una temporada y, por último, encontrar una pareja estable con la que formar una familia modélica, con segunda residencia en Platja d'Aro y *forfait* de temporada en La Molina. Nosotros no teníamos planes a largo ni a medio plazo; solo poseíamos el presente, pero lo exprimíamos con todas nuestras fuerzas.

El caso es que, durante esas horas que pasábamos lejos del Sucre, quien más quien menos tenía que representar un papel. Algunos fingían tener intereses convencionales y aceptaban hablar del partido del sábado o del programa televisivo de turno; otros, en cambio, hacían gala de su diferencia y exhibían su inevitable marginalidad como si se tratara de una cuestión de principios. Pero tanto unos como otros, mientras lo hacíamos, nos aferrábamos íntimamente a nuestra identidad secreta, orgullosos de unas señas culturales que por una parte nos diferenciaban de la mayoría y, por otra, nos unían a toda una comunidad.

También resultaba fascinante corroborar que la hermandad iba mucho más allá del Sucre. En parte el *skate*, pero sobre todo el *hardcore*, nos llevaron a conocer pequeños grupos de gente como nosotros, amigos de Terrassa, de Vallcarca, de La Roca o de Andoain con quienes estábamos conectados a través de una red de afinidades que crecía constantemente, de ciudad en ciudad y de país en país. Había una actitud política y unas propuestas culturales que nos vinculaban a miles de individuos y colectivos de todo el planeta, una realidad alternativa que para nosotros lo era todo, pero que para la mayoría de las personas con las que tratábamos a diario ni siquiera existía.

Y, pese a ello, lo que compactó con más fuerza al grupo del Sucre no fue ninguna cuestión ética ni estética, sino las horas muertas. Las tardes interminables y el sentimiento de estar en el único lugar donde podías decir según qué cosas sin sentirte como un paria nos empujaban a compartir el desasosiego existencial propio de la edad y a sacarnos de la manga todo tipo de inventos para combatir el aburrimiento. Esto acabó de cimentar las afinidades electivas que nos habían unido e hizo que, a la larga, nos sintiéramos más cercanos a los habitantes del Sucre que a nuestras familias o parejas.

Ahora, desde la distancia, veo muy claro que, más allá de los mil proyectos y aventuras, lo más sólido que construimos fue nuestra amistad, y que lo hicimos en un momento de la vida en el que tener buenos amigos te puede salvar de una derrota psicológica o emocional; y es que la gente del Sucre, al menos los que formábamos parte del núcleo duro, entendíamos la amistad como la culminación de las relaciones humanas y no teníamos ningún problema en expresarlo en voz alta.

Debo reconocer que durante los dos primeros años no tuve un vínculo demasiado fuerte con Raül. Lo admiraba, como lo hacíamos todos los de mi quinta, y compartíamos tardes y gustos; pero la diferencia de edad todavía tenía mucho peso. Él solía salir con los mayores, para quienes todo giraba en torno al monopatín: iban a campeonatos e incluso aprovechaban las vacaciones para viajar a lugares donde había *skateparks* gigantes.

Yo, en cambio, me sentía más próximo al sector obsesionado por el *hardcore* punk. Nos entusiasmaba la idea de descubrir grupos y nos regalábamos cintas recopilatorias, intentando sorprendernos con nuevos hallazgos. Una de las cosas más importantes era entender lo que decían las letras, así que traducíamos versos de aquí y de allá en un curioso proceso de politización autodidacta. Nuestras favoritas hablaban de cambiar el mundo a partir de adoptar ciertas actitudes individuales y nos lo tomábamos como una especie de camino que seguir.

Hasta que en algún momento, coincidiendo con el cambio de siglo, dos proyectos relativamente espontáneos hicieron que todos miráramos en la misma dirección. Ya llevábamos tres años juntos, nos veíamos todos los fines de semana y la mayoría de las tardes, y habíamos entrado en uno de esos períodos en los que necesitas que ocurran cosas nuevas. La idea de montar una banda era una de las fantasías recurrentes, nos inventábamos nombres y nos repartíamos imaginariamente los instrumentos. Era el tipo de cosa que si la planificas demasiado acaba disolviéndose en una ensoñación placentera y nunca llega a cristalizar, así que nos lanzamos de cabeza.

De repente, en el Sucre había dos grupos de música, y Raül y yo éramos los cantantes. Él estaba en los SAD (Skaters Against Decoy), que hacían el típico *hardcore* melódico de mediados de los noventa, y yo en los Time to Change, que estábamos locos por el sonido más crudo de principios de los ochenta. Ahora, mientras me sumerjo en este proceso de memoria y reconstrucción, me hace gracia confirmar la precisión con la que los nombres de los grupos describían las corrientes internas del grupo de amigos.

Sábado por la noche. Noviembre de 1999. Hemos quedado en encontrarnos en el Manubri, un bar que acabamos de descubrir y que a mí me tiene enamorado. Es un local alargado y estrecho, con una pianola en la entrada y una segunda sala separada de la principal por tres escalones muy cabrones. Está sobredecorado con todo tipo de objetos *kitsch* y tanto las mesas como las sillas parecen sacadas de un anticuario. Pero, para mí, lo que realmente lo hace atractivo es que las dos viejas *hippies* que lo regentan nos dejen fumar porros dentro.

Hacia las dos, Marcel, Humbert y Anna deciden ir al Atònit a tomar la última. Es nuestro bar de siempre y dan por hecho que se encontrarán al resto del grupo con el gaznate fundido y el puño en alto. Raül y yo estamos enfrascados en una conversación que únicamente nos atañe a nosotros y preferimos quedarnos solos que dejarla a medias.

—No entiendo por qué no lo pones todo en inglés, suena mil veces mejor.

—Quizá sí..., no sé... —me pongo a pensar en voz alta—. Es que molaría que la gente pudiera entender lo que digo, y en inglés, si no grabas un disco y metes las letras en el libreto, es imposible que nadie sepa de qué estás hablando.

—Es una putada tener que escribir letras —dice Raül, en cuclillas sobre el tapizado de la silla—. Yo creo que haré «uetxu ue uetxu nait», seguro que nadie lo nota. Los Free Step lo hacían así y molaban un huevo.

—¿En serio? ¿Los Free Step no tenían letras? —Me cuesta creerlo, estamos hablando de un grupo de Manlleu cuya maqueta he escuchado más de una vez.

—Los estribillos y poco más —me aclara Raül, mientras aboca la cerveza garganta abajo como si estuviera llenando el depósito de un cortacésped—. En las estrofas hacían «uetxu ue» y sonaba de puta madre. Es más fácil hacer melodías si te inventas las palabras, como el inglés no lo entiende nadie...

—Me parece una cagada —sentencio con un porro entre los dedos y la vena trascendente de los diecisiete años a flor de piel—. Si tienes un micrófono en la mano y gente que te escucha, hay que aprovecharlo. A mí las letras de algunos grupos me han ayudado a entender un poco el mundo en el que vivimos, cosas que nunca me había planteado. Creo que eso es lo mejor que tiene el *hardcore* punk.

—A mí la política me la suda.

—¡Es que no hace falta hablar de política!

—Tampoco quiero hacer mierdas poéticas.

—Joder, Raül, no me jodas, ¿es que nunca te has fijado en las letras de los grupos que escuchas o qué?

—A veces. Sobre todo las de NOFX, porque hacen reír. Pero para mí no son tan importantes como...

Deja la frase colgada y observa el culo de la botella a través del cristal; el duodécimo cigarro de la noche está a punto de quemarle los labios.

—Ya, pero resulta que tienes un grupo y que te toca escribir las canciones. Además, el tipo de letras que decidas marcará totalmente el carácter de la música, así que algo tendrás que decir.

—Sí, pero ¿qué?

—No sé. También hay grupos que hablan de temas más personales, cuentan cosas chungas que les han pasado e intentan transmitir cómo les hacen sentir. Yo lo único que sé es que, si he de pasar por la vergüenza de subirme a cantar en un escenario, al menos quiero hablar sobre algo que me importe.

—Pfff, no lo veo claro.

La discusión no llegará a ninguna parte, pero, a partir de ese día, siempre que Raül escriba una letra nueva vendrá a enseñármela. Y escribirá unas cuantas, más que el número de canciones que llegarán a componer los SAD. Al fin, optará por hablar de temas personales. Recuerdo una, de las pocas que llegó a engarzar con la música y que todavía ahora me sorprendo cantando a veces en la ducha, con un estribillo que repetía: «A hole that makes you like a monster. A hole that makes you like a man». Las escribía en catalán, porque eso le permitía expresarse mejor, pero, en cuanto las tenía terminadas, las traducía al inglés a golpe de diccionario. Decía que, de este modo, como nadie las entendía, le daba menos vergüenza hablar de sí mismo.

Llevamos apenas cuatro meses de ensayos cuando damos nuestro primer concierto. Lo hemos organizado nosotros mismos, y nos encargamos de todo (cobramos la entrada, servimos en la barra y hacemos sonar los instrumentos), en el Punt Jove de Sant Hipòlit de Voltregà. Estamos muy verdes, pero a nosotros no nos parece precipitado; además, en lo que respecta a Time to Change, saber tocar nunca será una prioridad. Cuando terminamos, un *heavy* del público me dice que somos muy malos, pero que se nota que nos lo creemos de verdad. Con eso me basta para sentirme en la gloria. A la larga, lo más destacable de la velada será que habremos tomado conciencia de que, como colectivo, tenemos la capacidad de crear nuestros propios eventos.

SAD y Time to Change empezaron a tocar en algún momento de 1999 y se separaron a lo largo de 2001, sin que ninguno de los dos grupos llegara a grabar nada. Sin embargo, iniciaron un movimiento del que posteriormente salieron un buen puñado de grupos, muchos de los cuales estaban integrados por los mismos músicos. La pieza clave de ese movimiento fue un fenómeno casi espontáneo llamado Sugar Fest, una ocurrencia maravillosa que dos décadas después no solo sigue viva, sino que se ha consolidado como uno de los acontecimientos musicales más genuinos e ingobernables de la Cataluña interior.

En septiembre de 2000, con los dos grupos todavía en activo, decidimos plantar cara a lo que entendíamos como una agresión que se repetía año tras año. Durante el Mercado de la Música Viva de Vic, la zona del Sucre se veía invadida por varios escenarios que servían como escaparate de la industria musical. Y nosotros, los únicos habitantes autóctonos de ese pedazo de mundo, no podíamos resignarnos a ser expulsados de nuestra casa.

Primero (¡pobres ingenuos!) pedimos permiso al Ayuntamiento para organizar nuestros propios conciertos a pie de calle, como se hacía en otros puntos de la ciudad durante ese fin de semana; pero, cuando nos lo denegaron, decidimos pasar de todo y hacerlo igualmente. Alquilamos un generador, invitamos a un par de grupos con los que habíamos compartido cartel y montamos nuestra propia fiesta, al margen y a la contra de todo lo que significaba el Mercado. Nadie cobraba; tampoco había barra, ni escenario, ni ninguna infraestructura más allá de los amplificadores. Cuando los policías vinieron a preguntar si teníamos autorización legal para hacer aquello, no supieron a quién dirigirse, porque el concierto no estaba vinculado a ninguna entidad o asociación y tampoco se percibía una clara diferencia entre los organizadores, el público y los artistas. Así nació el Sugar (Ilegal) Fest.

La jugada nos salió tan bien que empezamos a repetirla cada septiembre. Aun así, no fue hasta la quinta edición, cuando ya había pasado lo de Raül y el grupo del Sucre empezaba a dispersarse, cuando tomamos conciencia de lo que aquellas dos noches significaban y decidimos darles continuidad vitalicia, independientemente del contacto que mantuviéramos o dejáramos de mantener entre nosotros durante el resto del año. La amenaza de dispersión era una realidad, pero, si conseguíamos mantener activo un centro de gravedad, tal vez no nos perderíamos del todo la pista. Con algunos resultó inevitable, pero los otros, los que seguíamos apegados a la música, empezamos a vivir ese fin de semana como un ritual anual, una rendija en el espacio-tiempo a través de la cual el espíritu de los años buenos del Sucre, los de la amistad a ultranza, se instalaba de nuevo entre nosotros y durante unas horas todo era tal y como debía ser.

El otro proyecto que me acercó a Raül, aparte de los grupos de música, fue algo llamado *Blaster Kombo*. Un jueves de agosto de 2000, la víspera del festival de Sant Feliu, se me ocurrió hacer un fanzine. A principios de ese mismo verano, en un concierto en Madrid, había caído en mis manos una revistilla titulada *Pescando en la Bañera*. Era la primera vez que leía un fanzine que no estuviera dedicado a un tema en concreto: no recopilaba entrevistas a grupos de *hardcore* o artículos que analizaban películas de terror; tampoco era un panfleto sobre anarquismo o liberación animal; simplemente contenía poemas, dibujos, cuentos, reflexiones y todo tipo de creaciones de sus autores, sin ningún nexo en común.

Yo vi ahí una vía idónea para dar rienda suelta a mis mierdas y, tras unas semanas coqueteando con la idea, me puse manos a la obra. Me salieron tres textos cortos cogidos al vuelo. No hablaban de nada en concreto, pero estaba preparando mi publicación y no quería poner filtros ni secciones. Podía expresar lo que me diera la gana y sacarlo fuera de mí. Eso me provocaba un vértigo embriagador. Recorté las líneas de texto una por una y las enganché en un A4 doblado por la mitad y decorado con un par de *collages*. El resultado sería el número cero de *Blaster Kombo*, fotocopiado en una papelería de La Bisbal d'Empordà, donde paramos expresamente de camino hacia el Sant Feliu Hardcore Fest.

Como era gratuito, desperdigué las ciento cincuenta copias entre la barra y los tenderetes de discos en poco menos de una hora y luego me olvidé de ello. Había puesto una dirección de contacto en la parte de atrás, donde invitaba a cualquiera que quisiera participar en los números siguientes a enviarme lo que le diera la gana.

Nunca recibí ningún correo de un desconocido ofreciéndome una colaboración, pero sí se animaron algunos amigos. La consigna era que cada uno se diseñara a mano (con tijeras y pegamento) sus páginas y yo me encargaría de ordenarlas y fotocopiarlo todo junto. Así, a partir del segundo número, tal y como alertaba el subtítulo de la cubierta («Unas vacaciones baratas en la miseria de los demás»), *Blaster Kombo* se convirtió en un contenedor de obsesiones y neurosis.

Un domingo, después de comer, cuando la recopilación de material para el primer número colectivo ya casi estaba lista, Raül aparcó junto al puente y abrió el maletero para sacar el monopatín, como hacía siempre al principio de una jornada de *flips* y *ollies* y hostias contra el suelo. Pero entonces se salió del guion y, en lugar de poner la música a todo trapo para dar ritmo a sus acrobacias, levantó la palma de la mano derecha y dio un grito.

—¡Mas! ¡Ven un momento!

Esquivé a los colegas que patinaban absortos en las melodías de sus *walkmans*, henchidos de la energía inigualable de las cuatro de la tarde.

—He hecho una cosa para eso del *Blaster Kombo* —dijo mientras abría la guantera del coche y sacaba dos hojas cuadriculadas escritas con un puntafina negro. Las había arrancado de una libreta con espiral y las había doblado en tres.

—Molaría que los incluyeras —añadió mientras me ponía las hojas en las manos con prisa y sin mirarme a los ojos, como quien te entrega un paquete bomba.

—¿Tú? ¿De verdad quieres participar en el *Blaster*?

—Sí, ¿qué pasa? —preguntó levantando la barbilla con un desafiante golpe seco.

—No, nada, me hace mucha ilusión —dije con toda sinceridad—, pero creía que no te gustaba escribir.

—Lo que no me gusta es leer... ¡Además, son todos de risa!

Y era verdad: una buena parte de sus colaboraciones en *Blaster Kombo* serían chistes hiperbólicos, relatos absurdos llenos de palabras inventadas o parodias de textos científicos en las que se revelaban verdades delirantes, todo ello con una sonoridad ampulosa que te arrancaba carcajadas del fondo del estómago. Era el contrapunto ideal para una publicación llena de escritos angustiados y trascendentales firmados por adolescentes con ínfulas.

También tenía otra línea de textos. En un principio eran escasos, pero número a número fueron ganando presencia. Se trataba de reflexiones escritas en tiempo presente, monólogos íntimos en los que se hacía preguntas sobre qué significa hacerse mayor y tener que encajar en una sociedad que no te gusta y que te considera hostil. Estaban escritos con una franqueza y una claridad que escaseaban en el resto del fanzine.

A raíz del *Blaster* empezamos a pasar muchas horas juntos, encerrados en una habitación minúscula de casa de mis padres, combinando el teclado con las tijeras y el pegamento de barra. Él no tenía ordenador ni impresora, así que transcribía sus textos allí y, una vez impresos, los maquetábamos juntos como quien hace manualidades. También escribíamos el editorial a cuatro manos y nos inventábamos sentencias lapidarias para llenar los trozos de papel que habían quedado en blanco. Pero lo que de verdad hacía que nos partiéramos de risa era la lista de agradecimientos, una página llena de nombres y apellidos (inventados o reales) de las personas que, supuestamente, nos habían inspirado.

Un año después de haber fotocopiado el número cero en aquella papelería de La Bisbal, me fui a vivir a Barcelona. Esto, al principio, no alteró casi nada y *Blaster* siguió saliendo con su absoluta falta de periodicidad. Sin embargo, cuando en el curso siguiente conocí a un grupo de gente de la facultad con inquietudes y lecturas parecidas a las mías, la cosa cambió. Empezamos a organizar recitales poéticos, a autoeditar folletines e incluso a trabajar en un proyecto de revista literaria. Aquello saciaba con creces mi necesidad de mostrar lo que escribía, así que mi interés por continuar editando el *Blaster Kombo* con la gente de Vic se desinfló.

Y, cuando yo ya daba el fanzine por muerto, Raül volvió a hacerlo. Se presentó en el Sucre con un puñado de hojas, me las plantó delante de los morros y me dijo que había que sacar un nuevo *Blaster*. Si era necesario, ya se encargaría él de ir a la copistería. Para acabar de meterme presión, la semana siguiente apareció con un montón de pegatinas con el nombre de la revista. Eran «para repartir entre los que participamos en ella», me dijo, como si fuésemos miembros de un club privado. Había de varios tamaños y colores. Pegó la más grande, de tres palmos de largo, en el cristal trasero de su coche, como quien pone ahí el nombre de su grupo preferido.

Aunque en aquel momento me pilló por sorpresa, hoy me parece de lo más lógico que Raül se implicase en un proyecto en el que la única directriz fuera decir lo que te diese la gana. Porque, si bien él nunca había mostrado ningún interés por la literatura, todo en él denotaba una constante e imperiosa necesidad de expresarse. Dibujaba a todas horas y sobre cualquier superficie: una cinta de casete, una señal de tráfico, la tabla de un monopatín o el suelo de una plaza. Cambiaba de peinado con una radicalidad desconcertante: pasaba de llevar rastas a decolorarse o raparse la cabeza en cuestión de semanas. Incluso con el *skate* probaba trucos que a los otros ni siquiera se nos habrían pasado por la cabeza, saltos y descensos que acompañaba con todo tipo de grotescas canciones que improvisaba sobre la marcha.

Domingo, 14 de marzo de 2004. Evidentemente, no hemos ido a votar. El fin de semana ha sido un cúmulo de emociones intensas amontonándose unas sobre otras, pero por fin ha salido del hospital. Ahora estamos sentados en su sofá, con el primer disco de At the Drive-In sonando de fondo y un sol espléndido en la calle. A mediodía he llamado a Edi para preguntarle si podía dejarle su antiguo portátil. Ayer nos dijo que tenía un montón de textos de los últimos días y que quería pasarlos a limpio. Tiene la intención de hacer un libro, o un fanzine, o lo que sea que le permita explicar sobre papel los motivos que lo llevaron al intento de suicidio.

Mientras esperamos a Edi van surgiendo proyectos para los próximos días, escapadas y excursiones con la idea implícita de hacerle olvidar este duro episodio lo antes posible. La conversación me ayuda a concretar una idea que me ronda por la cabeza desde hace veinticuatro horas: puedo saltarme las clases, no volver a Barcelona en toda la semana y, si él quiere, irnos a pasar unos días a la casa que mis padres tienen en Begur.

Creía sinceramente que le podía ir bien un cambio de aires, pero también lo hacía por mí. Necesitaba sacarme la espina de no haber estado ahí el viernes por la noche. Tenía enquistada la idea de que, si hubiese estado en el bar con él y los otros, unas horas antes de que decidiese morir, la cosa podría haber tomado otra dirección. Se trataba de una especulación que no me llevaba a ninguna parte, pero arremetía contra mí una y otra vez, como una espiral descendente hecha de espinas. Y no se trataba solo de aquella noche, porque cuando recibí el mensaje de despedida ya hacía cinco días que no lo veía, cinco días consagrados a la falsa bohemia y la frivolidad universitaria.

De repente, me espeluznaba la mera idea de bajar a Barcelona. Las grandilocuencias de la Facultad de Filosofía podían ser un oasis estimulante para un chaval de pueblo como yo, un juego de rol que me permitía crear un personaje e interpretarlo varios días a la semana, pero, después de que la vida real me propinara aquel guantazo en plena cara, todo lo que me parecía apasionante se volvió grotesco, insípido o presuntuoso.

Los del Sucre me habían levantado del suelo cuando yo tenía el corazón hecho pedazos; habían estado ahí, como un pilar inquebrantable, durante la montaña rusa mental de los diecisiete años, cuando crees que en cualquier momento te estallará la cabeza y ya no podrás volver atrás. Pero yo me había distanciado. No era que pasáramos más o menos horas juntos, sino que en el último año mi centro de gravedad se había desplazado completamente a Barcelona. Allí era donde iba a conciertos y pillaba el hachís, donde me enamoraba y pontificaba sobre Greg Graffin y Jonathan Swift. Además, desde hacía seis meses, me había mudado al barrio de Gracia en un proceso de gentrificación y me había dejado deslumbrar por el hecho de que toda la gente que me rodeaba fuera artista o actuara como tal.

Atravesamos Vic en el mismo coche que siete días atrás estuvo a punto de convertirse en un ataúd. Él conduce cabreado, Antònia ocupa el asiento del copiloto y yo los observo desde detrás. Parecen una madre y un hijo ejemplares. Venimos del ambulatorio, donde lo ha visto el psicólogo de la Seguridad Social. Era una vía en la que nadie (ni siquiera Raül) confiaba demasiado, pero, aun así, yo fantaseaba con uno de esos psiquiatras brillantes que salen en las películas, alguien que lo ayudase a sacar todo fuera y después le devolviese la confianza con cuatro palabras graves y aterciopeladas. Pero la sanidad pública no es Hollywood.

Aunque el doctor que le ha tocado estaba al corriente de su caso, se ha limitado a seguir el protocolo, seguramente con rigor, pero sin mostrar ningún tipo de empatía hacia el paciente. Él ha detectado que aquel hombre no tenía el más mínimo interés en escuchar sus problemas, así que no se los ha explicado. La visita se ha saldado con un par de recetas para las pastillas y una cita para la semana siguiente, a pesar de que él ya ha dicho que no piensa volver, al menos hasta que se le acaben las pastillas.

De todos modos, si está cabreado no es por el desinterés del facultativo. Durante la visita, el médico ha tenido que salir de la sala para atender algún otro asunto y él ha aprovechado para fisgonear en su expediente, que estaba sobre la mesa. En la primera página, junto al número donde se especificaba su coeficiente intelectual, había una nota que lo calificaba como superior a la media. Ha sido como arrojar una cerilla en un bidón de gasolina.

—¡Toda la vida haciéndome creer que era tonto! —me dice mientras camina en círculo por la plaza del ambulatorio donde hemos estado esperándolo—. ¡Hijos de puta! Me trataban como si fuese un retrasado mental. Pues no soy tonto, así que quizá no era todo culpa mía...

Mantiene los puños crispados en los bolsillos del pantalón.

—¿De verdad pensabas que...? ¡No me jodas, Raül!

Chuta una piedra imaginaria. Está demasiado inmerso en su bucle para escucharme.

—Los profesores lo sabían. Me enviaban a los psicopedagogos a hacer test; o sea, que podían ver los resultados. —Mantiene la mirada fija en el tronco de un platanero—. Lo sabían y me lo escondían. No querían aceptar que un niño que la liaba en clase pudiera ser inteligente, porque eso les supondría trabajo extra. Era más fácil decir que yo era el problema. Me hacían creer que era idiota, que no hacía falta que me esforzara porque nunca aprobaría. Así no tenían que preguntarse si lo que fallaba era su puto sistema educativo. —Arranca un pedazo de corteza y empieza a aplastar las hormigas de debajo con las puntas de los dedos—. ¡Pero no soy tonto, joder! Tengo un coeficiente por encima de la media. Esos hijos de puta me han destrozado la vida.

A media diatriba llega Antònia, que acaba de hacer unos encargos y lleva una bolsa en cada mano. Lo mira con ternura y le deja terminar.

—¡Eso es una buena noticia, cariño! ¡Quiere decir que puedes conseguir lo que te propongas, todavía eres muy joven!

—Son unos hijos de puta... —responde con la boca pequeña.

No sé si realmente ha conseguido aplacarlo o el cambio de tono de Raül es por deferencia, pero cuando nos subimos al coche el cabreo ha disminuido hasta convertirse en un leve murmullo y tres calles más allá ya ha desaparecido del todo.

Ahora Antònia nos interroga sobre nuestro día a día. Se muestra preocupada por nuestra afición de pasar las noches del fin de semana bebiendo. Raül no le replica, sonríe y deja que sea yo quien le cuente que al bar vamos a charlar y que sería mucho peor ir a la discoteca.

Han pasado la primera noche bajo el mismo techo y entre ellos todo es cortesía. Me siento fuera de lugar. La verdad es que no conozco de nada a esta mujer. La había visto alguna vez años atrás, al atravesar el piso de mi amigo para llegar a lo que él consideraba su casa: una habitación con nevera, televisión y un candado en la puerta. Raül me venía a buscar al rellano de la escalera y me guiaba por aquel apartamento oscuro y con olor a cerrado del casco antiguo, instándome a ignorar a aquella señora que nos miraba con recelo desde la cocina. Se llevaban como el perro y el gato. El padre de Raül era un bebedor crónico que los había abandonado cuando él era pequeño y la pobre mujer nunca había sabido qué hacer con aquel niño alocado e intratable, así que lo había enviado a varios internados de la comarca, de donde siempre lo acababan expulsando. Más adelante, cuando Raül empezó a trabajar y pudo mantenerse por su cuenta, la relación se hizo insostenible. Se hablaban poco o nada y se acusaban mutuamente de hacerse daño.

Durante los años que compartí con él, y a excepción de los meses anteriores a esta historia, mi amigo siempre se había referido a su madre con una animadversión y un resentimiento virulentos. No es que la hiciera responsable del abandono de su padre, o de la infancia de mierda que había pasado, sino que la demonizaba, atribuyéndole una maldad que costaba creer. Según él, había llegado a llenar una botella de agua con lejía y la había dejado en la nevera, confiando en que Raül se la bebería de un trago cuando volviera de patinar. A mí aquella historia me parecía excesivamente paranoica y, sin querer ponerme del lado de una persona que no conocía de nada, intentaba hacerle ver que lo más probable era que la lejía hubiera ido a parar a la nevera por un descuido. Él aseguraba que no, que su madre quería envenenarlo. Sea como fuere, tras aquel incidente decidió poner una nevera en la habitación y un candado en la puerta.

Después de que Aina lo dejara, todo esto cambió. Habían sido la pareja estrella del Sucre. Compartían piso, acababan mutuamente los chistes y no faltaban a ningún concierto, y, sin embargo, daba la impresión de que cada uno mantenía su propia autonomía. Pasaban más horas juntos que nadie y eso hizo que se crearan una identidad común, paralela a la que compartíamos los demás. Reconozco que me daban un poco de envidia y que los tomaba como ejemplo del tipo de relación que, a mis veintiún años, esperaba poder tener algún día.

Hoy me parece evidente que todo aquello eran apariencias. Su serial transcurría de puertas adentro y, una vez más, me perdí los capítulos clave. La prueba es que cuando lo dejaron yo no tenía ni idea de lo que había pasado.

Cada fin de semana, cuando volvía de Barcelona, me encontraba a Raül encallado en una piedra diferente. Un día decía que Aina se había ido porque estaba cansada de aguantar sus idas de olla y al día siguiente lo atribuía a problemas de convivencia totalmente mundanos. El sábado confesaba que se había comportado como un niñato maniático y el domingo aseguraba que ella estaba hecha un lío y necesitaba aclarar sus ideas. Cuando se ofuscaba, sentenciaba que Aina lo había utilizado para salir del pozo depresivo en el que se encontraba y que en cuanto se había sentido mejor lo había abandonado. Al final, descubrió que Aina estaba con otro y dio por hecho que aquel era el motivo.

No puedo ni quiero entrar en las causas de la ruptura porque, en el fondo, lo que pasa en una relación solo lo saben los que forman parte de ella. El hecho es que se fueron a vivir juntos en el piso de protección oficial que él había conseguido y que, al cabo de unos meses de convivencia, ella dejó la relación. Raül se quedó solo en un espacio que habían proyectado en común y se vio obligado a asumir que su primer gran proyecto de vida no había funcionado. Tenía veintiséis años.

Entonces empezó a hacer las paces con el mundo. Hizo inventario mental de las personas que en algún momento de su vida le habían tendido una mano e intentó ponerse en contacto con ellas. Aquello desembocó en una procesión de llamadas, mensajes y visitas, de todo lo cual yo solo conozco una pequeña parte.

El primer reencuentro fue con su hermana. Para ella siempre había tenido buenas palabras. Decía que durante los años más conflictivos de la etapa escolar era la única persona que lo había defendido. Sin embargo, desde que había sido madre, el cambio de prioridades y la diferencia de ritmos habían hecho que se distanciaran, así que se apresuró a ponerle remedio. Eso no fue sino el principio de una operación que le llevaría a reconsiderar toda su biografía: recordaba a una exnovia con quien había roto de malas maneras, o a un amigo de la escuela a quien había perdido la pista, y movía cielo y tierra para ponerse en contacto con ellos. Y, entonces, cuando conseguía su atención, no les contaba nada en concreto; tampoco se disculpaba ni les pedía ayuda; simplemente, hablaba con esas personas durante un rato, evocaba buenos recuerdos e intentaba hacerles reír un poco. Cuando colgaban, el buen regusto de boca era mutuo.

La lista se quedó encallada en un individuo que prácticamente había olvidado, pero que, de pronto, le pareció de una relevancia crucial. Se trataba de un profesor que había tenido a los trece años. No nos quiso contar qué tipo de huella le había dejado, si consistía en un consejo para afrontar el futuro o la simple constatación de que, detrás de aquel alumno problemático, había un chico con talento. Fuese lo que fuese, aquello que había despreciado diez años atrás ahora le parecía esencial para hacer frente a la inminente vida adulta y se flagelaba por no habérselo tomado en serio.

Llegó a obsesionarse. Cuando hablaba de él, parecía que el viento soplara desde abajo. Le atribuía una generosidad y una empatía que no eran de este mundo y refunfuñaba entre dientes cada vez que recordaba cómo había rechazado su apoyo. Para mí resultaba evidente que en ese punto de la lista buscaba a alguien que le diese un empujón, una patada en el culo o cualquier otro impulso que le enviase medio metro hacia delante; y, sin embargo, pese a que durante dieciocho años no he tenido ninguna duda de que detrás de aquel viaje regresivo había un grito de auxilio, en estos momentos, mientras reconstruyo mentalmente los hechos, también me parece posible que la idea de la muerte ya le rondase la cabeza y que estuviera escribiendo la página de agradecimientos.

Al fin y al cabo, todos querríamos morir con el trabajo hecho. Con eso me refiero a palmarla habiendo alcanzado tus objetivos vitales, porque lo más probable es que la mitad de ellos sean inalcanzables y que la otra mitad vaya cambiando con los años, a medida que te vas amoldando a la vida preestablecida. Cuando hablo de morir con el trabajo hecho me refiero a haber limado asperezas y pedido disculpas, a dejar una hermosa huella en el recuerdo de las personas a las que has querido y que, a fin de cuentas, serán quienes te recordarán.

Pero, a pesar de las cábalas que ahora pueda entretejer a partir de sus actos, en aquel momento el batacazo amoroso no parecía más grave que los que los demás habíamos ido superando. Son rupturas que te llenan de inseguridad y angustia durante unos cuantos meses, que te bloquean y te abocan a un festín de autodestrucción, pero que acabas superando cuando la urgencia por exprimir el presente se impone. Y como, quien más quien menos, todos habíamos descendido a aquel infierno y habíamos regresado, parecía absurdo pensar que una persona tan vitalista como Raül no acabase encontrando los escalones que lo llevarían hasta la superficie.

Por lo que respecta al reencuentro con el profesor, requería algo más que una conversación telefónica, así que se citaron en una cafetería. El hombre tuvo serias dificultades para saber de qué alumno se trataba y mi amigo se apresuró a ofrecerle todo tipo de coordenadas, desde los nombres de sus compañeros hasta anécdotas indecorosas que habían tenido lugar el año en que había sido su alumno. Finalmente dijo que se acordaba, pero no parecía que tuviese la misma percepción que Raül de esa relación.

El sábado siguiente, mientras descansábamos de una sesión de acrobacias sentados en el banco del Sucre, soltó que había quedado con el profesor del que nos había estado hablando. Lo hizo con la mirada perdida en la explanada de cemento, como quien menciona que se ha encontrado con la madre de un amigo por la calle pero en realidad tiene la cabeza en otro sitio. No nos dio demasiados detalles, solo dijo que era un buen hombre y que se había alegrado de escuchar la magnífica opinión que un antiguo alumno tenía de él. Aun así, añadió mientras volvía a subirse al monopatín y se impulsaba hacia el puente, no le había querido dar ningún consejo.

De ahí salió rebotado hacia su madre, a la que no reclamaba respuestas, sino algo de calor maternal. Fue a verla con la intención de firmar un tratado de paz. No sé qué reproches aceptaron el uno del otro, quién cedió en qué ni a qué acuerdos llegaron, pero la buena voluntad debió de ser mutua porque, si no, aquello no habría funcionado. El caso es que, de un día para otro, pusieron fin a un conflicto que parecía condenado a eternizarse; y pocas semanas después de aquel feliz reencuentro, cuando el hijo intenta suicidarse, la madre decide tomar las riendas del asunto, se instala en su casa y le deja claro que estará a su lado.

Ahora es el día siguiente. Atravesamos Vic pillando en rojo todos los semáforos que separan el ambulatorio del campus. Han pasado la primera noche bajo el mismo techo y se sonríen con una complicidad muda que parece dejar al resto de la humanidad al margen. Yo me siento descolocado, pero celebro su entendimiento. Mientras los observo desde el asiento trasero, tengo la sensación de que no son madre e hijo, sino un par de viejos amigos que han retomado el contacto después de un montón de años. Ella se muestra alegre y curiosa, con ganas sinceras de ponerse al día sobre la vida de su hijo, al que se niega a considerar un desconocido, y ni durante un instante deja que el dolor se le filtre a la mirada.

Los espío por el retrovisor y escudriño sus complicidades. Me digo que hay vínculos que están por encima de las personas; vínculos que ni se fraguan ni se rompen, sino que han existido y seguirán existiendo independientemente de nuestros actos. Hasta que veo el espectro de la muerte y me asalta la duda. Me pregunto si no estarán interpretando un papel, si no lo están haciendo para convencerse a sí mismos de que pueden estar bien juntos solo porque saben que se necesitan.

La resaca emocional lo ha impulsado a escribir, o, mejor dicho: a reescribir. Aprovecha cada momento de soledad para pasar a limpio los textos de las últimas semanas. Tiene más de quince. Se ha propuesto reunirlos bajo el título *Monólogos autobiográficos de un tontolculo*. El encabezamiento parece paródico, pero el contenido hiela la sangre. Habla del desbarajuste anímico por el que está pasando, al tiempo que intenta entender cómo ha llegado al punto en el que se encuentra. Los títulos son muy claros: «La maldición llamada reflexión», «Batalla interna», «El sentido» o «Apología del suicidio». Mientras teclea, le da vueltas al aspecto formal de cada texto: pule subordinadas, matiza adjetivos y perfila imágenes, como si este ejercicio le ayudara a poner distancia con respecto al dolor que en ellos se expresa.

El más reciente lo escribió hace dos días, todavía en la cama del hospital, y empieza en el momento en que decidió morir. Relata los preparativos, las circunstancias y el método que siguió, y se muestra sorprendido ante la frialdad con la que ha llevado a cabo un cometido aparentemente tan impulsivo. Pero, al final del cuento, a modo de conclusión y en solo tres líneas, explica cómo el azar frustró su suicidio y cómo, al recuperar la conciencia y verse rodeado de amigos, se dio cuenta de su error. La última frase, escrita con una seguridad que parece autoimpuesta, dice: «Toda mi vida llevaré el peso de este acto».

En cuanto termina de transcribirlo en el ordenador sonríe aliviado, como si acabara de arrojar al mar un baúl lleno de pesadillas. Entonces coge una hoja de tamaño A3 y dibuja un autorretrato en blanco y negro. Cuando lo tiene listo vuelve a escribir a mano todo el texto, que coloca como puede en el espacio en blanco alrededor de su rostro. Por último, lo pone en un marco y lo cuelga sobre la mesa del comedor. Dice que lo ha hecho para que le sirva de recordatorio, pero cuando vamos a verlo nos lo muestra con orgullo y nos pide que lo leamos hasta el final: es su manera de hacernos saber que el episodio ha terminado y de darnos las gracias.

Aun así, le cuesta salir de casa. Le da miedo dejarse ver por la Plana, donde las desgracias se propagan por el aire como el olor a estiércol y cuesta tener claro lo que cada uno sabe de ti. Además, la sola idea del suicidio puede hacer estallar la cabeza de un ciudadano «como es debido». La opinión general dice que, si no tienes problemas de trabajo ni de salud, pero decides morir, estás mal de la cabeza. Nuestra herencia cristiana, hoy reconvertida en humanismo, no puede concebir que alguien considere que su vida no vale la pena; por eso se deslegitima este punto de vista convirtiéndolo en una patología. Se nos enseña que una persona en pleno uso de sus facultades mentales amará vivir por encima de todas las cosas aunque tenga que pasarse doce horas al día trabajando para llegar a fin de mes, aunque sus seres queridos le den la espalda, aunque esté encerrado en un centro penitenciario, sufra malos tratos o se le margine socialmente. Cuando se habla de las causas del suicidio, la sociedad no asume ninguna responsabilidad. En lugar de ello, se escuda en la medicina moderna, que se apresura a señalar depresiones, psicosis y todo tipo de trastornos mentales sin prestar atención a lo que lo ha provocado. Por lo general, se intenta negar que el suicida pueda haber tomado una determinación personal a partir de la realidad que le ha tocado vivir. Con esta argumentación no intento desmentir que a la mayor parte de quienes se matan se les haya diagnosticado antes una depresión, ni afirmar que la decisión de Raül fuera racional y ponderada; pero creo que equiparar suicidio y enfermedad mental de forma automática es dar muy poco valor al libre albedrío, además de un intento de negar que en el mundo en el que vivimos hay vidas que no merecen ser vividas.

Sea como fuere, por miedo a ser juzgado y etiquetado, Raül nos pide que no se lo contemos a nadie, ni siquiera a gente con quien tiene mucha confianza. «Ya lo haré yo», dice. Nosotros le guardamos el secreto como quien esconde el polvo bajo la alfombra, y no les decimos nada a algunos amigos que quizá podrían haberlo ayudado mejor. Seguramente cometimos un error, pero en aquel momento estábamos convencidos de que había sido un batacazo puntual y coincidíamos con él en que todo le resultaría más fácil si no lo ventilábamos.

Así, entre una cosa y otra, quedé atrapado en la órbita de Raül, incapaz de pensar en nada que no fueran sus progresos anímicos, mientras me desplazaba por un presente espeso y estático, contando cada nuevo día como un pequeño trozo de tiempo ganado a la muerte.

Miércoles. Cuatro de la tarde. Apoyo el culo en una inmensa maceta circular en la acera de debajo de casa de mis padres, con una mochila cargada de libros y películas entre las piernas y una implacable entereza que no sé de dónde ha salido. El sentimiento de culpa por no haber estado presente el viernes ha desaparecido. Ahora me siento peligrosamente capaz. Es como si me hubiera desdoblado, como si un yo-solucionador-de-problemas hubiese tomado las riendas de la situación y le hubiese dicho al yo-inseguro-y-sufridor que no se preocupe, que lo tiene todo controlado.

El yo-solucionador-de-problemas dice que tres días lejos de Vic le vendrán bien. Es verdad que tengo la costumbre de responsabilizar a esta ciudad de la mayoría de los problemas que tiene la gente que vive en ella, pero también lo es que Raül está encantado de alejarse de la atmósfera recelosa y la presión social. Serán como unas pequeñas vacaciones, una escapada con un amigo que necesita cambiar un poco de aires: escucharemos música, veremos películas e iremos a patinar. Una noche cogeremos una borrachera épica y él lo soltará todo: se enfadará, gritará, llorará y volverá a enfadarse, habrá abrazos y lágrimas y, al final, salvaremos su mundo.

Nada más salir de la ciudad de los santos me doy cuenta de que las proyecciones de mi yo-solucionador-de-problemas son un cliché del cine independiente. Me ha recogido sin parar el motor del coche, hemos dejado mis cosas en el maletero y hemos salido disparados como si fuera el primer día de verano. El cielo azul y el sol centelleante parecen reforzar nuestra quimera. Pero, en cuanto hemos entrado en la carretera y ha metido quinta, el espejismo se ha desvanecido. Ahora conduce absorto, con los ojos fijos en la línea discontinua y la mente atrapada en un circuito cerrado. Yo repaso la colección de cedés y hablo de cosas triviales con agilidad e impertinencia, ametrallando sobre cualquier tema que se me ocurre con la esperanza de captar su atención. Todos mis intentos de mantener una charla banal se extinguen sin réplica.

Entonces, cuando hace ya un rato que circulamos por la C-25, lo que le rondaba por la cabeza cristaliza en una frase corta.

—¡Mira que irse con un farlopero!

No respondo. Tampoco lo miro. Hay demasiada pólvora en el aire y me da miedo provocar una explosión. En lugar de eso, cambio de canción y subo el volumen de la radio. Arranca *Waiting room*, de Fugazi. La línea del bajo que galvaniza y ensancha el pecho; la batería que entra de puntillas, camina unos metros y se detiene. Un segundo de silencio y vuelta a empezar: el bajo que galvaniza, la batería que camina. Cojo aire y me preparo para decir lo de «I'm a patient boy. / I wait, I wait, I wait, I wait / my time, water down a drain». Lo hemos cantado mil veces, juntos y por separado, con la piel de gallina, con los ojos húmedos, con los puños cerrados o con el sentido del equilibrio perjudicado. La entrada de la voz es maravillosa. Faltan dos segundos. Sé que lo cantará conmigo. Falta un segundo. ¡Vamos! Y, entonces, baja el volumen como si la música le molestara. Ni siquiera se ha dado cuenta de qué canción sonaba. Retoma la frase y, aferrándose a un pedacito, tira de ella.

—Me ha dejado por un puto cocainómano... Al menos, podría habérmelo dicho; creo que es lo mínimo que merezco. La muy cabrona me hizo creer que había sido culpa mía. Y ahora dice que cuando me dejó aún no habían follado, ¿cómo cojones quiere que me lo crea? —No me lo está diciendo a mí, solo verbaliza el runrún mental que da vueltas en su interior a todas horas—. Es que no lo entiendo. ¿Cómo puede ser que Aina se haya liado con un tipo así, si siempre nos reíamos de los putos farloperos? Estoy seguro de que ese cabrón ha hecho que se enganchara.

No es que tengamos muchos prejuicios contra las drogas, pero en los últimos años hemos visto cómo la cocaína convertía a más de un conocido en alguien de quien no te puedes fiar y le hemos puesto la cruz.

Raül sigue empujando la bola de nieve, dando vueltas una y otra vez en torno a las mismas tres ideas, hasta que el desvío para abandonar la carretera reclama su atención y yo aprovecho para meter baza.

—Pero ¿cómo sabes que se mete coca?

—¡Esas cosas se notan, joder! Además, la última vez que intenté hablar con ella por teléfono el tío se metió por medio, estaba como loco. Se me puso chulo y me amenazó. Es un puto fantasma.

No tengo ni idea de si ese tipo, de quien ni siquiera sé el nombre, toma coca de manera habitual, y tampoco creo que eso tenga relevancia alguna en esta historia. De lo que sí estoy seguro es de que en el momento en que Raül descubrió que ella estaba con alguien, y que probablemente ya lo estuviera cuando cortó la relación, la melancolía empezó a atormentarlo.

—Me dijo que necesitaba tiempo, que tenía que pensar...

—Mira, si se ha ido con un imbécil, ella sola se retrata —digo armado con todos los argumentos comunes que se me ocurren—. Te mereces alguien mejor.

—Pero es que no volverá. Si tiene a otro, quiere decir que se ha acabado.

—¿Has oído lo que te he dicho?

—Yo pensaba que podríamos arreglarlo. Era difícil, pero podíamos intentarlo. He estado pensando en mis cagadas, sé todo lo que he hecho mal; pero es que ella no quiere saber nada de mí, dice que no quiere ni que la llame, que la deje en paz.

—Tienes que mirar hacia delante, Raül; Aina forma parte del pasado. Ya verás, en Begur nos lo vamos a pasar de puta madre.

—Sí, sí, a ver si nos ligamos a unas guiris... Pero yo solo quiero hablar con ella, necesito explicarle cómo me siento. Debe de pensar que soy un hijo de puta. Si no, ¿cómo es posible que no quiera saber nada de mí? Seguro que es culpa de la coca. Ese tío la ha enganchado y eso la ha hecho cambiar, ya no es la misma persona.

Pongo otro cedé y vuelvo a subir el volumen. Esta vez no aspiro a cantar. Abarroto el espacio sonoro con ideas para nuestras minivacaciones, anécdotas que le hagan reír y opiniones que le hagan fruncir el ceño. Si no le dejo espacio mental, tal vez consiga detener su runrún o, al menos, relegarlo a un piso inferior de su conciencia. Sin embargo, no tengo ninguna certeza de que esto esté funcionando, y mi yo-inseguro-y-sufridor me dice que no podré pasarme setenta y dos horas fingiendo ser una persona ocurrente, así que empiezo a enviar mensajes por el teléfono pidiendo ayuda. Enseguida, un par de amigos del Sucre que estudian en Gerona me dicen que vendrán a vernos una tarde.

Jordi, por su parte, confirma lo que ya habían acordado con Raül: el viernes nos vemos en el *skatepark indoor* que acaban de abrir en Palafrugell. Los dos forman una especie de club privado, una hermandad que los identifica como los dos últimos *skaters* de nuestra generación. Es un mundo hecho de las veces que se han salvado el culo mutuamente, pero también de los lugares a los que han ido a patinar, de los trucos que se han inventado y de las aventuras que han vivido juntos. Un territorio que tiempo atrás frecuentaba el resto del grupo, pero que ya solo habitan ellos dos. Son la reserva india del Sucre y, en cierto modo, nos representan a todos.

Si la solidez de una amistad es proporcional a la cantidad de experiencias que la han sedimentado, ellos dos acumulan un montón. Jordi fue el primero de los nacidos en la década de los ochenta que fue a patinar al Sucre, por lo que Raül y Rubén, que ya pasaban de la mayoría de edad, lo apadrinaron. Lo trataban como un hermano pequeño, le pasaban vídeos y revistas y le descubrían los secretos de una subcultura que en ese momento, en Vic, estaba a punto de extinguirse. Él les correspondía con una dedicación casi fanática al monopatín.

Entonces, cuando pasamos de la ensoñación a la acción y montamos los primeros grupos de música, Jordi, que había estado practicando con todo tipo de botes y ollas en el garaje de sus padres, se hizo cargo de la sección rítmica de los SAD, el grupo en el que cantaba Raül. A lo largo de la vida puedes tener muchas bandas (Jordi lleva más de media docena) y compartir horas de local, escenario o furgoneta con muchas personas que consideras tus amigos, pero es difícil que se vuelva a crear un vínculo tan especial como el que tenías con la gente con la que montaste tu primer grupo. La sensación de estar escapando juntos de la pauta fijada, la ilusión de hacer surgir algo de donde antes no había nada, la inocencia sobre el «qué pasará» o la pérdida conjunta de la virginidad escénica hacen que, por más años que pasen, con los compañeros de la primera banda mantengas una complicidad especial.

Pero, en lo referente a sus experiencias compartidas, la que hace saltar la banca es un accidente de coche al que sobrevivieron de forma milagrosa. Fue una madrugada de San Juan, tres años antes. Saliendo de un local de Manlleu, un arrebato los llevó a ver salir el sol en Platja d'Aro, que estaba a una hora y media de camino. Era antes de que se aplicara el carné por puntos y los dos habían bebido lo suficiente como para que aquello les pareciese una buena idea. Hasta que, en algún punto entre Vic y el mar, el coche salió disparado por un terraplén de dos metros de altura. El vehículo quedó completamente destrozado y, cuando la ambulancia se los llevó al hospital Doctor Josep Trueta de Gerona, Raül estaba inconsciente. Al recuperar la conciencia, gritaba como si estuviera en choque:

—¿Dónde está Trull? ¿Dónde está Trull?

Francesc Trull era un amigo al que habían dejado en casa justo antes de iniciar su travesía nocturna. Les había dicho que tenía sueño y que no le apetecía continuar la fiesta. Supongo que durante el instante anterior a despeñarse y perder la conciencia a Raül se le había pasado por la cabeza algo como «suerte que no ha venido Trull» y después había soñado con aquello.

Ahora veo claramente el paralelismo entre el despertar del accidente y el despertar del intento de suicidio y entiendo que, si después del lavado de estómago les dijo a los médicos de Sant Hilari que me llamaran a mí, podría deberse a una coincidencia tan pueril como la de esa noche de San Juan. Lo entiendo, pero sigo sin querer creerlo. Por otra parte, pensar que Raül les dio mi número por pura casualidad no cambiaría mucho las cosas, porque estoy convencido de que mi yo-solucionador-de-problemas habría actuado de la misma manera.

Aquella mañana, en el Trueta, el médico confirmó que ninguno de los dos tenía nada grave y, a continuación, les dijo que esperaran un rato, que iba a venir la Guardia Civil para hacer el atestado del accidente. Ni el uno ni el otro tenían intención de probar suerte con un alcoholímetro y, además, en los papeles del seguro de Raül había ciertas irregularidades que era mejor no poner a prueba, así que cogieron la ropa y se fugaron del hospital antes de que llegara la Policía.

Y mientras Jordi y Raül huían, alguien de Vic que volvía de fiesta debió de reconocer el coche aplastado en la cuneta, porque Toni y Rubén empezaron a recibir llamadas de gente que les preguntaba qué había pasado. Ellos no tenían ninguna noticia y, en cuanto tiraron del hilo, confirmaron una falta de información absoluta. La única certeza era el coche siniestrado más allá del terraplén, y, a juzgar por el estado en el que se encontraba, no era ningún disparate pensar que los pasajeros la habían diñado. Además, no llevaban teléfono, por lo que, cuando al fin lograron regresar a Vic, se encontraron con que los rumores de su muerte habían corrido de boca en boca.

Después de haber enseñado los talones a la muerte, al hospital y a la Guardia Civil, esos dos, que siempre se habían entendido de manera instintiva, empezaron a hacer de escuderos el uno del otro. Quizá por ello, cuando le detallo los planes para los próximos días, la tarde del viernes con Jordi es la única perspectiva a corto plazo que despierta un poco de interés a Raül, o, al menos, la única que lo saca durante unos segundos de su obcecado murmullo.

Apaga el séptimo cigarrillo del trayecto en un cenicero a punto de desbordarse. La otra mano, todavía agarrada al volante. Echa un vistazo a su alrededor con cara de no saber dónde está ni cómo ha llegado hasta allí. No es la primera vez que pisa esta casa, pero la escruta con las cejas levantadas y los labios fruncidos, como si desconfiara de lo que ve. Cuando gira la llave y quita el contacto, yo ya he estirado las piernas y estoy abriendo el maletero. Por el camino hemos parado en un supermercado a comprar comida y bebida para tres días, así que cargo un par de bolsas y las llevo a la cocina.

Al volver a buscar las mochilas me lo encuentro con el culo apoyado en el capó y otro cigarrillo entre los dedos. La puerta del conductor está abierta y la radio encendida, sale un arpegio de guitarra amargo que identifico como el principio de Disappear, de los Sunny Day Real. Raül observa las dos palomas torcaces que han alzado el vuelo al vernos llegar. Ahora hacen tímidas incursiones desde el pino en el que se habían refugiado, como si valoraran el grado de amenaza que suponemos. Finalmente vuelven, se detienen sobre la barandilla que rodea la piscina y se vuelven de espaldas a nosotros.

—¿Llevamos la ropa a las habitaciones?

Asiente con la cabeza.

—¿La piscina no está limpia?

—No, no la limpian hasta verano.

—Creo que me meteré de todas formas.

Me adelanto y le digo que me siga. Mientras subimos al piso de arriba le sorprendo palpando el estucado de la pared con las puntas de los dedos, como si acabara de despertarse en un cuerpo desconocido y estuviera sondeando sus sentidos. Después de una hora y media de conducción automática, viviendo exclusivamente dentro de su cabeza, la existencia de una realidad externa lo tiene fascinado.

Entro en una habitación rectangular que tiene el espacio justo para una cama y un armario.

—Tú dormirás aquí y yo en el cuarto de al lado.

Avanzo hacia el interior, levanto la persiana y dejo que el mar y el cielo tiñan de azul la ventana, convencido de que las vistas lo impresionarán.

—Hosti... —empieza a decir, todavía quieto en el umbral de la puerta.

—¿Qué pasa?

Aprieta los tirantes de la mochila con las dos manos.

—¿No podríamos dormir en la misma habitación? Es que últimamente me despierto bastantes veces y prefiero tener a alguien al lado. Si no te importa.

Estoy a punto de hacer un comentario de burla, pero detecto una incomodidad sincera y me abstengo a tiempo.

—Ningún problema, coge el colchón y lo llevamos a mi cuarto.

Después de un remojón glacial y una cena descompensada, en la que yo me he puesto las botas y él no ha pasado del cuarto mordisco a una tostada con tomate, le he propuesto ver una película. Suele ser una buena estrategia para aparcar los problemas durante un par de horas, pero es importante elegir bien qué tipo de historia es adecuada para cada momento y hoy he tenido muy poca puntería.

Recordaba *Happines*, de Todd Solonz, como una comedia; muy negra, muy cabrona e incluso perversa, pero una comedia, al fin y al cabo. Además, he pensado que estaba en consonancia con algunas de las películas nacionales del Sucre (y preferidas de Raül), como *Kids*, de Larry Clark, o *Clerks*, de Kevin Smith. Lo que había olvidado es que en la primera escena, antes de los créditos iniciales, un personaje absolutamente patético es abandonado por su pareja de forma honesta y contundente. Aunque la actitud de ella es bienintencionada, eso no la exime de infligirle al tipo un cierto grado de humillación. Él, por su parte, intenta sacar orgullo de donde puede y responde con una chulería impostada que provoca una serie de grotescos despropósitos.

Yo veo la película desde el suelo, con las piernas estiradas sobre las baldosas blancas y la espalda apoyada en la parte baja del sofá. Raül está sentado arriba, con el culo clavado en la punta del cojín, el tronco encorvado hacia delante, las manos aferradas a las rodillas y la mandíbula apretada. Quisiera reírme para que Raül entendiera que estamos viendo una película ligera, pero la vulnerabilidad del personaje me genera una profunda lástima. Por si fuera poco, después de los títulos de crédito nos enteramos de que el hombre patético que había sido abandonado por su pareja acaba de suicidarse.

Raül emite un gruñido desconcertado. Desvía la mirada de la pantalla y la arrastra despacio hacia mí. Me observa con incredulidad y desconfianza, como si acabara de encajar una broma de mal gusto por mi parte y se estuviera preguntando si vale la pena enfadarse. Yo no sé dónde meterme. Salgo al paso con un «joder, te juro que no me acordaba...» que él acepta generosamente como disculpa.

—Te aseguro que la peli no va de eso —añado con voz temerosa—; es de risa.

—Pues a mí no me hace ni puta gracia.

Y a medida que van cayendo chistes, resulta que son todos a costa de personajes ante los que es más fácil sentir pena que simpatía, por lo que ninguno de los dos consigue articular ni una sola carcajada.

Aun así, no creo que la película lo perturbe demasiado. De hecho, diría que ni siquiera sigue el argumento. Observa la pantalla, ve a un grupo de desconocidos charlando y entiende que les están pasando cosas, pero nada de lo que hagan o digan es lo bastante interesante como para mantenerlo alejado de sus tribulaciones, así que vuelve a perderse dentro de su cabeza. Cada quince o veinte minutos una nueva escena le llama la atención. Sube a la superficie y se asoma al mundo exterior, mira de reojo y hace algún comentario de pasada, como si estuviera pendiente de la trama, pero enseguida vuelve a sumergirse en su obsesión.

Él quiere retrasar lo más posible la hora de irse a dormir y yo necesito quitarme el mal sabor de boca, así que hacemos sesión doble. Con la segunda no me la juego. Ponemos *Donnie Darko*, una película que he visto una docena de veces y que, después de hoy, me sentiré incapaz de volver a ver durante años. No es que verla me recuerde esta noche en concreto, sino que las concomitancias entre la historia de Donnie y la de Raül me resuenan por todo el esqueleto. Es la historia de una muerte en dos tiempos, un fallecimiento que encuentra un punto de fuga, un espejismo que hace creer al protagonista que podrá escaparse, pero que, después de unos días de esperanza, acaba desembocando en la irremisibilidad de la muerte.

Antes de acostarnos salimos al balcón. El griterío de los pájaros ha disminuido desde la tarde, pero ahora se han añadido las ranas. Él se toma los somníferos y se fuma un cigarrillo, yo me hago el porro de buenas noches. Será el último que me fumaré a lo largo de estos días, porque enseguida entenderé que no puedo bajar la guardia ni un segundo: la disposición y la diligencia que se me requieren son a jornada completa.

Como siempre, me cuesta conciliar el sueño. Me envuelvo en las sábanas y busco la mejor posición. Mucho antes de encontrarla ya resuenan sus ronquidos entrecortados e irregulares; son los resoplidos de alguien atrapado en las profundidades de una pesadilla arrítmica, pero saberlo dormido me tranquiliza. Estoy a punto de sumarme al sueño cuando oigo un «¡Uaaaaaa!». Me siento de un salto y lanzo una pregunta a la oscuridad: «Raül, ¿estás bien?», pero él se vuelve de espaldas y sigue sobando.

Esto solo es el comienzo. Pasada la primera hora asumo que mi frágil sueño no llegará a echar raíces. Cada pocos minutos lo oigo gritar, llorar o respirar como si quisiera capturar las últimas bocanadas de oxígeno que quedan sobre la tierra, pero sin llegar a despertarse del todo. Por primera vez me arrepiento de haber venido. Quisiera salir corriendo, pero me limito a repetir unos tímidos «no pasa nada» y «solo es una pesadilla» que ni siquiera estoy seguro de que él llegue a oír. Me atrinchero en el rincón opuesto de la cama, encogido como un gusano. Lo imagino atormentado por una entidad sobrenatural, un súcubo que en cualquier momento podría salir de él y metérseme dentro.

Hasta que la burbuja estalla. Un chillido me despierta por completo, palpo la pared para localizar el interruptor y se hace la luz. Me lo encuentro de pie sobre el colchón, sollozando, temblando y abrazándose a sí mismo. Deshago el nudo de sábanas que envuelve mis piernas y me acerco a él.

—Estoy aquí, Raül —digo abrazándolo con fuerza—; solo estabas soñando.

—¿Dónde estamos?

—En Begur, hemos venido a pasar unos días a casa de mis padres. Has tenido una pesadilla.

Observa la cama bajo sus pies. Los jadeos empiezan a perder intensidad.

—¡Uff! Sí, claro. Estamos en Begur... He tenido una pesadilla.

Se agacha, alarga el brazo y coge la mochila de encima de la silla. Abre el bolsillo pequeño y saca un blíster de pastillas. Se toma otro somnífero.

—Con esto podré dormir un rato más —dice apoyando la cabeza sobre la almohada.

—¿Estás seguro?

—Sí, pero deja la luz encendida.

El garaje es una acumulación de trastos bastante coherente. Hay cinco sacos de tierra, dos palas, unas tijeras de podar, un rollo de cable, tres botes de pintura medio llenos, siete macetas vacías, una azada, dos salabres, cuatro cajas de herramientas, tres bolsas de carbón, varias pelotas hinchables, un bidón lleno de gasolina y once cañas de pescar. Tanto lo que fue comprado expresamente como lo que ha venido a parar aquí tras vaciar otros garajes lleva años acumulando polvo.

No sé cuándo ni cómo se me ha ocurrido que una excursión en bici sería una buena idea. Supongo que me aferro a los tópicos. La verdad es que nunca he visto a Raül pedaleando y yo no lo hago desde que tenía trece años. Aun así, me alienta la idea de enseñarle mis rincones preferidos de la zona, los escondrijos a los que iba a fumar porros y a escribir quejumbrosos poemas cuando tenía diecisiete años. Para mi sorpresa, no me lo echa por tierra. Sabe que lo importante es que el reloj vaya corriendo y que la excursión a la playa es una excusa tan buena como cualquier otra para eludir el fardo del tiempo. Así que aparto las bolsas de carbón que hay apoyadas en las llantas para que él pueda coger las bicicletas. Las sujeta por el centro del manillar, una en cada mano, y se las lleva fuera.

—Tienen las ruedas pinchadas —dice poniéndose en cuclillas para comprobar los neumáticos con dos dedos.

—Quizá solo se hayan deshinchado, hace diez años que nadie las utiliza.

Cojo el inflador del estante que flanquea el cuadro eléctrico, entre la comida de peces y la comida de pájaros. Raül se aplica con la misma diligencia que si estuviera cambiando un par de ejes y parece que la cámara retiene el aire con suficiente solvencia. Llenamos las mochilas con toallas, tabaco y agua y empezamos a rodar.

Mi propuesta inicial era ir hasta Sa Riera, cuatro kilómetros de subidas, bajadas y curvas a través de urbanizaciones a medio construir y bosques a medio destruir, pero con el mar siempre a la derecha. He pensado que llegaríamos a la arena tan acalorados que nos atreveríamos con el agua helada de finales de marzo.

Rodamos por el asfalto agrietado. El aire huele a pino. Noto un regusto salobre en la saliva. Raül, diez metros por delante, afronta la bajada con la espalda en paralelo al cuadro, sin tocar el freno para nada. Después del desvío de Aiguafreda, la geografía se pliega y empieza el ascenso. A medida que avanzamos, la pendiente se hace más pronunciada. Nos ponemos de pie sobre los pedales para hacerlos bajar con todo el peso del cuerpo, pero yo sudo como un cerdo y él tose como un tuberculoso. Cuando faltan doscientos metros para alcanzar el Cap Sa Sal, me rindo: me bajo de la bici y le digo que a partir de ahora haré las subidas a pie. A él el esfuerzo le estruja los pulmones, pero no abandona. Una vez arriba, deja caer la bici y se sienta en el suelo con las piernas abiertas, jadeando y escupiendo como si acabara de perder una maratón.

No llevamos ni un tercio de camino y ya estamos hechos polvo, pero, al menos, no somos de los que se avergüenzan de rebajar los objetivos. Si acaso, a Sa Riera podemos ir otro día en coche. Por ahora, nos conformamos con pedalear trescientos metros más y detenernos a la altura del cabo des Forn. Dejamos las bicicletas en un pequeño bosque de pinos inclinados por el viento y bajamos por un caminito estrecho que serpentea entre arbustos siguiendo el acantilado.

Nos instalamos en las rocas blancas que hay entre ambas laderas, con el precipicio a los pies y el horizonte en los ojos. El mar se ondula sin estridencias. Las gaviotas vuelan en círculos. Nosotros nos quedamos callados y nos integramos en el paisaje.

—¿Qué te parece este sitio? —pregunto haciendo visera con la mano. El cosquilleo bajo el esternón nunca falla.

—Mola...

—Es mi rincón favorito de la Costa Brava.

—No me extraña...

La conversación nos molesta, así que durante un rato nos limitamos a escuchar el rumor de las olas y a contemplar los puntitos blancos que se balancean kilómetros a lo lejos.

Arranca una rama de tomillo y se la acerca a la nariz. Se enciende un cigarrillo.

—¿Aquello de allí son las islas Medas?

El viento ahoga la pregunta. Se tumba bocarriba y el sol le baña el rostro. Cierra los ojos. Estamos en paz. Hasta que recibe un mensaje.

—¿Has traído el puto teléfono?

Ni siquiera me responde. Sujeta la pantalla por debajo de la barbilla y la mira fijamente. Se pone a teclear muy despacio, midiendo cada letra que aprieta.

—¿Quién es?

—Sara.

—¿Quién?

—La chica andaluza de la llamada perdida.

Hace un par de semanas encontró una llamada perdida de un número desconocido y, en lugar de pasar de él, como habría hecho cualquiera, envió un mensaje para preguntar quién era y qué quería. Le respondieron que había sido un error, pero él siguió la conversación con un chiste, un comentario con segundas y un par de preguntas más. Al otro lado le recibieron con la misma moneda y, como ninguno de los dos puso fin a la broma, iniciaron una estrambótica correspondencia a ciegas por SMS.

—¿Todavía os escribís?

—Sí, es una tía guay. Ella también acaba de salir de una relación larga. Tenemos un huevo de cosas en común. Hemos empezado a hablar de la posibilidad de conocernos en persona, pero antes quiero que me envíe una foto suya: me da miedo que me esté tomando el pelo. Ayer le insistí con lo de la foto, pero ella no para de ponerme excusas. Yo le he enviado una mía y dice que le parezco guapo. Quizá es una vieja muerta de hambre. No sé, me estoy planteando ir a verla al sur.

—¿Lo dices en serio?

—Quizá sí..., no lo sé. A ver si me envía la foto.

Las relaciones de Raül solían pillarnos por sorpresa. No tanto por la persona con la que se juntaba como por la manera de llegar a ella. Lo veías burlarse de una chica, molestarla con bromas idiotas o criticarla haciéndose el chulo delante de todo el grupo y, al cabo de una semana, te decía que se habían enrollado y que era una persona fantástica, la mejor que había conocido.

El principio de la historia con Aina, visto desde fuera, fue uno de tantos. De entrada, parecía que no pegaban ni con cola. Ella era una chica tímida y meditabunda, con la piel pálida y una pose torturada que la hacía enigmática. Tenía una inteligencia afilada y leía muchísimo, cosas como Bukowski o Henry Miller, pero no solía hablar de sus gustos. También escuchaba a grupos de los que ninguno de nosotros había oído hablar. Como a Raül, a Aina se le notaba el mundo interior en cada gesto; pero, mientras él lo exponía públicamente a golpe de bufonada hiperbólica, ella lo disimulaba con actitud comedida, como quien esconde un secreto de las miradas curiosas.

De hecho, antes de convertirse en pareja, ni siquiera parecía que se cayeran bien. Hasta que un sábado de verano Raül no apareció en el Sucre. Alguien le envió un mensaje y él respondió que se había ido de vacaciones con Aina. ¿Cómo? ¿En qué momento se han hecho amigos estos dos?

No estoy en disposición de responder a esa pregunta porque en aquella época nuestro contacto era intermitente. Como solo veía a los amigos del Sucre de viernes a domingo, me había convencido a mí mismo de que todas las cosas importantes sucedían el fin de semana; de este modo, tenía la sensación de que durante mi ausencia dejaba el botón de pausa apretado. Pero la verdad es que, si se producía algún cambio importante mientras estaba en Barcelona, yo quedaba excluido de ello y acababa llegando tarde a lo que ya todos daban por sabido. Y entonces tenía que asumir como hechos consumados situaciones que para mí todavía eran posibilidades remotas.

Las pocas cosas concretas que sé de aquel viaje las descubrí más tarde, en uno de los textos que forman parte de *Monólogos autobiográficos de un tontolculo*. Lleva por título «La tarde de Portlligat» y habla del día que se enamoró de Aina. Es el único texto que no escribió en castellano, sino en catalán, y, si bien es cierto que lo redactó con nostalgia cuando la relación ya se había ido a la mierda, también lo es que el día que describe era una especie de quimera privada para la pareja, una historia a la que Raül se había referido en miles de ocasiones y siempre en términos platónicos.

El relato, si se le puede llamar así, empieza con la idea de aprovechar una baja laboral para escaparse unos días a la playa. Explica que necesitaba huir «de la monotonía de una ciudad que te obliga a ser su habitante sin saber muy bien por qué. La manera en que se vive en ella y la forma de actuar del resto de los habitantes, teatral, falsa, concentrada en objetivos burgueses..., hacía que me sintiera oprimido y muy muy diferente». Pero Raül nunca fue de los que saben ir solos por el mundo, así que decidió invitar a «una chica que, a simple vista, tampoco se sentía bien en aquella ciudad, ni con aquel hervidero de gente con la mirada fija, víctimas de una línea vital completamente recta».

En dos páginas de un sentimentalismo empalagoso relata cómo las conversaciones íntimas, las risas, las descarnadas emociones que el otro acogía a corazón abierto, además de una reveladora sintonía centrada en todo lo que rechazaban por impostado o hipócrita, eclosionaron una tarde en Cadaqués, cuando alquilaron una barca para que los llevase a la isla de Portlligat, donde, según contaba el propio Raül, Dalí se había enamorado de su musa.

Cuando regresaron ya eran pareja. Aparcaron detrás del puente del Sucre y recorrieron los cien metros que los separaban del banco de hierro cogidos de la mano. No necesitábamos más explicaciones, pero queríamos escucharlas. Aina dijo «hola» y bajó la mirada, tenía las mejillas sonrosadas y el pelo erizado. Raül se subió al monopatín de Jordi y se alejó con un golpe de cadera. Las ruedas perdieron inercia seis metros más allá. Volvió la cabeza sin bajarse de la tabla y, con la rotundidad de quien quiere dar por finalizada una discusión, afirmó que había sido el mejor fin de semana de su vida. Nos lo dijo a nosotros, pero la miraba a ella.

Se fueron al cabo de cinco minutos, exhibiendo una sonrisa de complacencia que parecía incluirnos a todos. Habían venido exclusivamente a darnos la noticia y después se pusieron a hacer planes con el entusiasmo de los primerizos.

Enseguida se convirtieron en un plural. Eran ellos, por todo y para todo, y se comportaban como si el mundo les estuviese haciendo un masaje en los pies. Aina se instaló en el piso de protección oficial, donde colgaron la reproducción de una pintura de Dalí. Durante las primeras semanas, incluso dio la impresión de que se producía una especie de simbiosis entre el histrionismo de él y la timidez de ella. Para el resto del grupo, aquel apartamento de cuarenta metros cuadrados junto a la estación de la Renfe se convirtió en un lugar donde las tardes se deslizaban plácidamente, sin frenazos ni acelerones.

Segunda noche en Begur. Llevo unos cuantos centilitros de alcohol en el cuerpo y mi lengua está desatada. Le pido que rebobine el VHS mientras paso agua por los platos sucios. Ser el único que ha bebido hace que me sienta un poco extraño, pero diría que mi monólogo de borracho incapaz de mantener el mismo tema durante más de veinte segundos seguidos lo tiene entretenido. Veremos *Alta fidelidad*, la adaptación de Stephen Frears de la novela de Nick Hornby. Para mí es un bálsamo que nunca falla y él dice que no la ha visto. Música, buenos chistes y un repaso biográfico por las principales rupturas de pareja del protagonista, a quien acaba de dejar la novia. Es una forma fresca de enfocar una situación que se parece mucho a la suya. Además, tiene un final feliz.

Necesitamos un poco de alegría procesada y fácil de digerir. Estoy cansado de subir y bajar por su telaraña, harto de mirar hacia delante sin poder desplazarme. Ahora mismo parece menos angustiado que hace unas horas, pero tal vez es solo una impresión producto de la acumulación de cervezas. Las he vaciado en mi garganta como un peregrino amorrado a una fuente.

Hacia las seis, después de una merecida siesta, hemos subido al pueblo con el Ford Fiesta. Lo conozco poco, así que hemos tenido que dar tres vueltas al diminuto y despoblado centro histórico antes de decidirnos por el único bar que no nos ha parecido de guiris ni de pijos.

Hemos pasado de largo la máquina tragaperras, donde había un joven delgaducho vestido con mono de trabajo dejándose la paga semanal, y nos hemos sentado en la otra punta. En la barra, dos barrigudos que rondaban la cincuentena hablaban de fútbol con el camarero, que se ha dirigido hacia nosotros alzando la voz pero sin moverse de su sitio. Yo he pedido una Voll-Damm, anticipándome a lo que pensaba que haría él. Los bares siempre nos han ayudado a soltar la lengua y se veía venir una conversación de telenovela barata. Me esperaba la clásica letanía autocompasiva, con frases prefabricadas sobre haber perdido a la única persona que te ha amado de verdad y cosas por el estilo. Yo respondería a sus clichés con más clichés, le hablaría de las ex con las que tuve rupturas jodidas y de cómo con el tiempo lo había acabado superando. Sería un diálogo repleto de tópicos y lugares comunes y eso ya suponía un avance, porque al menos nos quedaríamos en la superficie.

Pero Raül ha pedido un refresco.

—¿Una Coca-Cola? ¿En serio?

—Últimamente el alcohol no me sienta bien —ha respondido rascándose la perilla con las uñas y desviando los ojos hacia la tele.

—Siempre he oído decir que el alcohol es un depresor, pero a mí lo que me deprime son las resacas —he puntualizado, dándole la razón a mi manera.

—Si me emborracho, no puedo controlar lo que pienso y me rayo el doble.

La pantalla plana colgada de la pared nos ha salvado de quedarnos encallados. Hacían un *reality show* de primeras citas. Todos los participantes nos parecían ridículos. Ellos eran chicos hipermusculados con peinados de futbolista, les gustaban el motor y la fiesta y se definían como «cariñosos» y «amigos de sus amigos». Ellas eran chicas hipermaquilladas obsesionadas con su aspecto físico que aseguraban buscar a alguien que «las quisiese como son». Estaban hechos los unos para los otros.

Nos hemos puesto a imaginar el tipo de conversaciones que mantendrían y las discotecas que frecuentarían. Hemos apostado a ver cuál de los clones de David Beckham elegiría a la chica de las pestañas falsas y el sujetador con relleno. Con la segunda cerveza se me ha disparado la vena elitista: he dicho que hay que ser retrasado mental para ir a buscar pareja a un sitio así y he seguido pontificando, sin darme cuenta de que Raül había abandonado la conversación.

Cuando, por fin, me he dado cuenta de que no me escuchaba, ya me estaban sirviendo la tercera cerveza.

He dado un trago largo, he aparcado los comentarios sarcásticos y he buscado sus ojos.

—Últimamente pienso mucho en Paco —ha dicho.

Se me ha puesto la piel de gallina y he dado otro trago, este bastante más corto. El mismo nombre que años atrás nos hacía reír hoy me ha puesto melancólico.

—Joder... Paco... Hace la tira de años que no lo veo.

—Se ve que se ha rehabilitado y no sale de casa para no beber. Espero que le vaya muy bien, se lo merece.

Miro a través de la botella y me asalta la figura de aquel hombre alto y delgado, con el bigote torcido y sin la mitad de los dientes.

—Al principio no entendía por qué volvía cada tarde —digo—; parecía que le daba igual que nos riéramos de él, pero supongo que lo hacía porque sabía que al final alguno le acabaría dejando cinco duros para el siguiente tetrabrik de vino.

—Los *skaters* son los únicos que pasan tantas horas en la calle como los indigentes —dice Raül—; es normal que acaben haciéndose compañía.

En realidad, Paco tenía un techo: el de su madre. Sin embargo, como padecía el insomnio del bebedor, cada día a las siete de la mañana ya estaba fuera de casa. Lo veías andar por Vic a horas intempestivas, con el paso rápido y su cuerpo larguirucho inclinado hacia delante, con el cartón de vino en la mano derecha y los ojos fijos en la acera. Decía que patrullaba, que buscaba cosas que la gente perdía, pero todo lo que esperaba encontrar era una moneda que le ayudara a pagar otro litro.

Cuando empezó a venir al Sucre se sentaba solo en el banco de al lado y miraba cómo patinábamos mientras iba pimplando. Para nosotros, cualquiera que hiciera de público era bienvenido. A medida que le perdíamos el miedo y él nos cogía confianza, empezó a darnos instrucciones para realizar trucos o saltar obstáculos que solo existían dentro de su cabeza. Entonces, para unirse a nuestra afición por la música, se ponía a cantar baladas *heavys* en un inglés inventado y confundía nuestras risas de burla con aplausos.

—Fuimos unos hijos de puta con él —dice Raül bajando la cabeza.

—Es verdad, pero también éramos lo más parecido a unos amigos que tenía. Le preguntábamos por sus problemas y llamábamos a la ambulancia cuando caía inconsciente. Creo que, a su modo, se sentía parte del Sucre.

—¡Nos pitorreábamos de él! Creía que era parte del grupo y nosotros le tomábamos el pelo para poder ponerlo en ridículo. ¡Joder, que llegué a dejarlo atado a un árbol y me fui a casa!

—No lo hiciste tú; todos nos fuimos como si no hubiera pasado nada, nadie lo desató...

—Puto Houdini —dice con una sonrisa que parece un resoplido.

Una de las jugarretas que le hicimos fue hacerle creer que tenía un don para el escapismo. Lo atábamos con una cuerda y contábamos hasta diez en voz alta. Él estaba convencido de que podía deshacer los nudos con sus poderes, pero en realidad se removía como un gusano hasta que caía al suelo y alguno de nosotros le sacaba la cuerda. Entonces se ponía de pie como podía, levantaba los brazos y gritaba: «¡Escapismo!». Un día nos cansamos de aquel numerito y lo dejamos atado.

—He de reconocer que lo había olvidado —digo, y pido unas aceitunas para quitarme la amargura del paladar.

—Pues yo no —murmura—; por eso empecé a llevármelo a algunos sitios.

Una noche Raül apareció con Paco en un concierto que habíamos organizado en el antiguo matadero de Sant Julià de Vilatorta. Nunca lo había visto en ninguna otra parte que no fueran las calles de Vic, así que pensé que se trataba de una ocurrencia para divertir al personal. Pero Raül se negaba a dar cuerda a nuestros comentarios irónicos y actuaba como si estuviera salvaguardando la dignidad de Paco.

—Te aseguro que nunca supe por qué de repente tú y Rubén lo subíais al coche como si fuera uno más del grupo. Recuerdo un día que lo llevasteis a la piscina de Malafogassa y se quedó dormido en la hierba sin toalla y completamente vestido.

Esto da pie a otro indicio de sonrisa.

—Sí, quizá no era la mejor manera de ayudarlo. Pero era muy buen tío y, aunque se meara y se cagara encima, merecía un mínimo de respeto.

Finalmente le ha salido una carcajada, corta y seca, pero estentórea. Era la primera que le oía en toda la semana y ha sido como quitarse los zapatos después de andar durante doce horas seguidas.

He pedido la cuarta Voll-Damm.

—¿Sabes por qué dejó de venir?

—No.

—Un día quise hacerle un regalo. Compré una botella de vodka barato pensando que para un alcohólico que bebe tetrabriks de vino de veinticinco pelas aquello sería como zamparse una lata de caviar. La dejé en el asiento del copiloto y le dije que se subiera. Cuando vio la botella le dije que era para él; pero, en lugar de ponerse contento, se cabreó, me miró como si lo hubiera intentado envenenar y me preguntó si quería matarlo. Yo no entendía nada. Te juro que se bajó del coche gritando e insultándome como nunca lo había visto, ni siquiera quiso que lo llevara a casa. Se ve que el médico le había dicho que, si bebía ni que fuera un trago de licor, su hígado no lo aguantaría y la palmaría.

Esta anécdota ha hecho que florecieran media docena más, todas situadas en un pasado reciente, en la época en que teníamos el cuartel general entre la antigua fábrica y el banco de hierro. También hemos hecho recuento de los amigos caros de ver y de los que se han perdido por el camino. Resulta bastante significativo que no hayan pasado ni tres años desde que dejamos de ir a patinar a diario y ya hablemos de la gente del Sucre como si se tratara de habitantes de un paraíso perdido.

Dejo los platos en el escurridor y voy hacia el sofá. Me lo encuentro repantingado con las manos detrás de la nuca. El sol que lleva tatuado alrededor del codo me mira fijamente. Antes de darle al *play* me vuelve a preguntar por la peli, como si quisiera evitar que se repita la cagada de ayer. Le explico que al protagonista le acaba de dejar la novia, pero que lo relativiza con humor, se aferra a la música y a los amigos y sigue adelante. Todo termina bien.

—Pero ¿ella lo ha dejado por otro?

—Sí, sí, y queda claro que el otro es un imbécil.

—¡Pues claro que lo es!

Se me escapa una carcajada. Este «otro» del que apenas sabemos nada es su nuevo archienemigo, venga de donde venga. Descubrir su existencia encendió la mecha. Hasta entonces iba trampeando como podía, se apoyaba en quien le ofreciera un hombro y buscaba nuevos puntales; pero saber que Aina estaba con «otro» ha transformado la melancolía en impotencia y la impotencia en rabia. Se los imagina juntos mofándose de su desesperación y sueña con hacerles alguna putada marca de la casa: tal vez una pintada en el portal que diga AQUÍ VIVE UN FARLOPERO o un cagarro espachurrado sobre el capó del coche.

Quizá se deba a una trampa de la memoria, que te obliga a reconstruir los hechos en lugar de revivirlos; pero lo cierto es que casi dos décadas después, cuando pienso en ello, no puedo evitar encontrar cierto sentido a unas gamberradas que, en su momento, me parecían absurdas. El mero hecho de conseguir que los ciudadanos de bien de Vic se llevasen escandalizados las manos a la cabeza ya me parece una acción política digna de admiración; pero es que, además, las cosas que él hacía respondían a menudo a una ofensa previa y eran su particular manera de impartir justicia (es decir: venganza). Para que nos entendamos: Raül era el típico amigo que al llegar San Juan se compra un arsenal de petardos y espera a que se haga de noche para tirar los más potentes contra las oficinas de la empresa en la que trabaja con un contrato precario.

Al margen de su festiva afición por los daños materiales, a la cual reconozco que me sumaba siempre que podía, su lengua ágil y envenenada también hizo que se viera envuelto en muchas peleas. Nunca le vi dar el primer puñetazo, pero él los había recibido a docenas. En función de su estado de ánimo y de la persona de la que proviniesen las hostias, lo mismo podía defenderse que dejarse machacar.

Como la noche que estábamos en el Atònit y un Volkswagen Golf se detuvo frente a la puerta sin apagar el motor. Nosotros acabábamos de llegar. Habíamos ocupado la mesa de siempre, junto a la ventana que daba a la calle. El Atònit estaba al comienzo de la calle de la Ramada, una de las principales entradas a la zona de bares del casco antiguo, por lo que cualquiera que saliese habitualmente de fiesta por el centro de Vic sabía dónde encontrarnos.

El coche obstruía la calzada, pero a los cinco maquineros no parecía preocuparlos demasiado. Bajaron del vehículo con la expresión anfetaminada y rabiosa de un antidisturbios en una manifestación. Entraron en el bar en tromba y, antes de que entendiéramos qué estaba pasando, ya se le habían echado encima. La cosa venía de una fiesta de Fin de Año en la que Raül les había roto un retrovisor. Por supuesto, lo había hecho expresamente; pero lo que los había cabreado era que, cuando lo habían amenazado, él no había bajado la cabeza.

El más corpulento de todos, hermano del dueño del coche, se puso de espaldas y abrió los brazos para contener a los amigos que pretendiéramos defenderlo. No tuvo demasiado trabajo. Yo me quedé paralizado, incapaz de mover un dedo mientras murmuraba algún tímido insulto como el cobarde miserable que soy. Entretanto, los cuatro que lo habían rodeado no paraban de propinarle puñetazos. Él los recibía cubriéndose la cara con los codos. Cuando lo tuvieron en el suelo, acorralado entre las patas de una silla, Raül la levantó de golpe en una reacción puramente defensiva, de tal modo que el respaldo impactó contra la boca del agresor y le rompió dos dientes.

El caos de golpes y gritos no debió de durar más de cinco minutos. Los maquineros se esfumaron con la misma prisa con que habían irrumpido en el bar y con el fanfarrón que había liderado la razia llorando de dolor camino de urgencias. Raül temblaba de rabia sin acabar de entender lo que había pasado. Nosotros lo tratábamos de héroe: cinco tíos habían intentado partirle la cara y habían salido zumbando con el rabo entre las piernas, decíamos, pero la verdad es que nos avergonzaba no haber sido capaces de defenderlo.

En ese momento, la pelea en el Atònit fue un episodio aislado, pero años más tarde la escena se repetiría varias veces en cuestión de semanas. Fue poco después de que se enterara de la muerte de su padre. Supongo que, a pesar de que cuando se cruzaban por Vic Raül se escondía para no encontrárselo de cara, en el fondo tenía la esperanza de poder recuperar el vínculo algún día. O tal vez soñaba con que aquel hombre que lo había abandonado cuando él era pequeño y al que apenas conocía podía ser la única persona en el mundo que llegara a entenderlo. En realidad, no tengo ni idea de cuáles eran sus sentimientos íntimos con respecto a su padre, pero es evidente que, cuando murió, algo se rompió en su interior, porque la autodestrucción pasó a ser la orden del día.

Recuerdo especialmente una noche de viernes, en un concierto en la sala Canal de Tona. Estábamos viendo al Dr. Calypso cuando nos llegaron voces de que en el aparcamiento había un grupito de nazis sentados en sus motocicletas. Estaban allí sin hacer nada, con la única intención de poner nervioso al personal. Era una práctica habitual entre los fachas locales: se acercaban a los conciertos como si fueran bienvenidos, solo para disfrutar de la incomodidad que generaba su presencia. Buscaban que alguien intentara sacarlos, así tendrían una excusa para darle una paliza.

En aquellos días de luto sin declarar, en cuanto terminaba la segunda cerveza ya sentía la necesidad de meterse con cualquiera que le pareciera un imbécil o un hijo de puta, así que no se lo pensó dos veces: salió del concierto sin decir nada a nadie y se fue directo a decirles lo que pensaba de ellos. Cuando nos avisaron de que fuera había un amigo nuestro amenazando a los pelaos, gritándoles cosas como «¡nazis de mierda!» o «a ver quién tiene los cojones de venir aquí y tatuarme una esvástica en el pecho», todos supimos que se trataba de Raül.

Marcel y yo seguimos bailando como si no hubiéramos escuchado nada: si tenía ganas de que le pegasen (y últimamente parecía esforzarse en que eso ocurriera), allá él. Jordi, en cambio, supo enseguida lo que tenía que hacer.

Los nazis lo miraban de lejos con incredulidad: ¿qué hace este sonado de metro sesenta encarándose a doce personas? Así que pasaban de él como quien ignora las majaderías de un loco. Pero a Raül aquella desproporción lo cegaba, de modo que siguió insistiendo con sus provocaciones y elevó el tono de sus desafíos. Jordi apareció en escena justo a tiempo de estirar los brazos y evitar que se desplomase contra el suelo. Delante de él había un tío alto y fornido con el puño todavía caliente.

Después de que vinieran los Mossos e intentaran sin éxito tomar declaración a los dos amigos, los de Tona nos pusieron al corriente. Resulta que los de las motos no eran ni nazis ni fachas, solo unos quinquis con chándal que no solían buscar pelea con nadie. De hecho, estaban tan poco acostumbrados a darse de hostias que el gigante que le había partido la cara se había roto un dedo con el porrazo. Eso sí, Raül no había contraatacado, y pondría la mano en el fuego de que en ningún momento tuvo la intención de hacerlo.

Al día siguiente, a mediodía, me llamó para preguntarme si, cuando bajase de Sant Julià con la Derbi, podría pasar a buscarlo para llevarlo al Sucre. Era una petición extrañísima, pues él solo se desplazaba en coche o en monopatín, pero yo me sentía fatal por haberlo dejado en la estacada (inacción y sentimiento de culpa que se han ido repitiendo a lo largo de los años siempre que ha habido violencia física de por medio) y le dije que sí sin preguntarle los motivos. Cuando llegué al apartamento de su madre, donde todavía vivía, no hicieron falta demasiadas explicaciones: tenía un ojo morado y la cara hecha un mapa. Le daba vergüenza ir solo por la calle mientras los ciudadanos de bien de Vic lo sentenciaban con la mirada. Parece mentira que alguien que había sido capaz de enfrentarse a una docena de «nazis» a pecho descubierto tuviese miedo de los vecinos biempensantes de la Cataluña democratacristiana.

Estamos en Begur y me acabo de despertar. Desde la cama puedo ver la espalda de Raül; está en el balcón, con la misma camisa de tiras blancas que llevaba ayer y un cigarrillo entre los dedos. Tiene la raya en la que se encuentran el cielo y el mar a la altura de sus ojos. Me despego las sábanas sudadas y salgo al balcón en calzoncillos.

—¿Has dormido bien? —Lo pregunto por inercia, pese a saber que se ha despertado al menos dos veces por culpa de las pesadillas.

—Mejor que ayer —dice sin apartar la vista del horizonte—. ¿Qué coño es aquel edificio?

—El Cap Sa Sal. Durante el franquismo fue un hotel de lujo. Se ve que iban estrellas de Hollywood y dictadores africanos. Ahora está abandonado, pero he oído decir que lo quieren convertir en apartamentos.

—Se carga completamente el paisaje —dice mientras apaga el cigarrillo entre dos tejas—. ¿Has entrado alguna vez?

—No, y no sé si me atrevería a hacerlo.

—Ya, seguro que hay fantasmas.

Desayunamos unas tostadas en la terraza. No hay ni una sola nube y los primeros pájaros de la primavera lo celebran chillando por encima de nuestras cabezas. Dice que el jamón serrano está de muerte y se come cien gramos de una tacada. Lo remoja con sorbos largos de café con leche. Mientras engulle con profusión, continúa dándole vueltas al argumento simple y efectivo de *Alta fidelidad*. Hace referencia al repaso biográfico de las rupturas sentimentales del protagonista, pero en realidad habla de sí mismo.

Coge carrerilla. Diez minutos más tarde está en cuclillas sobre el banco de piedra, con el codo derecho clavado en la mesa y el teléfono móvil a un palmo de sus ojos. A medida que repasa la agenda va enumerando las relaciones idiotas que ha tenido. Toma cierta distancia irónica, el drama adquiere ligereza y yo me dejo llevar por el entusiasmo. Lo que unas horas antes le habría parecido un recuerdo doloroso o digno de vergüenza, ahora es una evocación jocosa y entrañable. Es la magia de la cultura pop: esa capacidad de convertir cualquier emoción, incluso la desesperación más cabrona, en una cuestión meramente estética.

Raül coge la ola y se deja llevar. Habla de polvos de una noche y de chicas con las que se imaginaba haciéndose viejo. Salta de un episodio a otro con sorna y sin nostalgia, hasta que llega a la letra O de la agenda. Olga tenía seis años menos que él y estuvieron juntos seis meses, pero se entendían tan bien que incluso a la hora de dejarlo se pusieron de acuerdo.

—Olga sí que era de puta madre. Es la única con la que volvería.

Cinco segundos después ya la está llamando. Mientras espera a que ella conteste, se dirige hacia las escaleras que llevan al pequeño jardín de arriba y se sienta en el tercer escalón. Yo cojo una novela y me estiro en la hamaca. Intento demostrar que no me interesa lo que se dicen, pero hago lo posible por cazar fragmentos sueltos de conversación y cada vez que suena una carcajada estiro el cuello para verle la cara.

Más que compartir recuerdos, diría que se están poniendo al día. Él le explica que lo ha dejado con Aina y que ha tocado fondo, pero lo hace rascándose la nuca, como quien lee una receta de cocina o explica los platos de un menú. La cosa se alarga y no puedo evitar sumergirme en la lectura. Cuando me saca del libro, han pasado cuarenta minutos. Al parecer, han tenido que colgar porque ella entraba en el trabajo, pero han acordado volver a llamarse en los próximos días.

—Lo que pasa es que tiene novio y creo que están muy bien. Paso de joderla con mis problemas.

El bosque que hay detrás de la casa es un incendio en potencia. En esta época del año todavía queda algún trozo medio verde, pero cuando llegue el calor fuerte solo encontrará pinaza y rastrojos. Me coloco en una punta del claro y sostengo la bolsa de supermercado abierta a la altura de la cintura. Él juega a encestar las piñas. Lo prueba de cerca, de lejos y de espaldas. Mete un triple y se inventa un cuádruple.

Nos arrimamos a las brasas embriagados por el olor a leña quemada. Las piñas encendidas todavía chasquean. Raül se ocupa de sus tiras de ternera y yo de cuatro alcachofas y una hamburguesa vegetal que quedará reseca. Sí, soy vegetariano, o mejor dicho: lo era. No por salud (de eso nunca me he preocupado demasiado), sino por principios. Lo fui durante siete años, pero pocos meses después de esta historia, en plena deriva nihilista, volví a comer animales, pregonando a diestro y siniestro que lo hacía porque estaba en contra de cualquier dogma. Ahora, cuando pienso en ello, tengo la sensación de que dejar el vegetarianismo fue la primera de una serie de rendiciones que se han ido amontonando sobre mis ideales.

A veces me pregunto en qué tipo de persona se habría convertido si hubiera llegado a los cuarenta. ¿A qué habría renunciado? No sé si los trabajos de mierda habrían acabado doblegando su ilusión, si habría acumulado responsabilidades castradoras en la espalda como hemos ido haciendo la mayoría de nosotros, ni si, finalmente, los convencionalismos le habrían hecho dejar de lado la subcultura de la que se nutría para pasar a considerarla una mera etapa de rebelión juvenil, como he visto hacer a tantos de mi generación. Bien mirado, el miedo a crecer y convertirse en uno de esos ciudadanos de Vic grises y conservadores, defensores a ultranza de las opiniones tradicionales y las existencias aburridas, era el tema principal de buena parte de sus escritos.

Quién iba a decirme que solo dos semanas después de nuestra escapada, y para el resto de mi vida, él concentraría toda la añoranza por los años del Sucre. La muerte de Raül hizo que el espíritu de aquella época tuviera un solo representante. Su ausencia siempre sería la de un *skater* de veintipocos que va a todos los conciertos. Nosotros hemos tenido hijos y piedras en los riñones, pero él sigue siendo el chico alocado que se sube al capó del coche para cantar *Lori Meyers* de NOFX a pleno pulmón. Y cuando, en mi cabeza, hablo con él y le explico los problemas de hombre de mediana edad que ahora me angustian, él me recuerda todas las cosas en las que creía hace dos décadas y me ayuda a no alejarme de ellas más de la cuenta.

Mientras las vetas de grasa acaban de dorarse, Raül saliva y mira hacia el futuro. Dice que en Vic ya ha agotado las opciones y que, si quiere conocer a una chica interesante, tendrá que ampliar su radio de acción. Yo levanto mi botella y brindo al aire.

—¿Quedan cervezas?

—Te traigo una —respondo.

Con la barriga llena, nos encaminamos al *skatepark* de Palafrugell. Son veinte minutos de trayecto que llevo tatuados en mi interior. No tanto por el impacto que tuvieron en ese momento como por las veces que, al recordar la conversación, me he visto abocado al vértigo de la culpa. Estoy reconstruyendo toda la historia por primera vez y, a medida que adquiero una cierta perspectiva de conjunto sobre lo que hasta ayer eran solo *flashes*, corroboro que no tengo motivos para sentirme responsable de su muerte, ya que esa decisión le pertenece únicamente a él. Aun así, me siento obligado a confesar un secreto que me ha atormentado durante dieciocho años, y es que es posible que influyera en el método que escogió para suicidarse.

Raül tenía la manía de convertir en santuarios los espacios que habitaba, y el coche, evidentemente, no era una excepción. Desde las pegatinas del chasis hasta el contenido del maletero, rendía culto a todo lo que en él le gustaba. De hecho, aquello era una discoteca con ruedas. No lo digo por la potencia de los altavoces, que también, sino porque había grabado copias en cedé de todos sus discos, había fotocopiado las portadas en color y los había ordenado en media docena de archivadores. Allí estaba todo el *hardcore* melódico del mundo, pero también Soft Machine, Wu Tang Clan, Jane's Addiction o la discografía completa de Bob Dylan.

No sé qué música sonaba mientras nos alejábamos de Sa Tuna, pero debió de ser algo bonito y bien escogido, porque después de cada curva nos invadía la sensación de estar dejando atrás el infierno de los últimos días. Era como si volviéramos a casa después de haber asistido al entierro de su relación con Aina. La melancolía aún flotaba en el ambiente, pero empezaba a despuntar un nuevo horizonte. Además, íbamos a patinar, y eso nos catapultaba directamente hacia las mejores tardes de nuestras vidas.

Abro la ventanilla para que el viento se trague el humo acumulado. Hemos pasado de largo Begur y ahora circulamos por una recta infinita. La sombra intermitente de los pinos traza dibujos fugaces sobre el salpicadero. Raül da caladas de forma sosegada, como si quisiera paladear cada miligramo de nicotina, y saca un hilo de humo por la comisura de los labios.

—En Vic ya deben de haberme puesto la cruz.

—Hace años que la llevas.

—También es verdad —sonríe—, pero lo del intento de suicidio es otro nivel. Seguro que corre el rumor de que me he vuelto loco. Quizá piensen que me han encerrado en el manicomio o algo por el estilo.

—No creo que se haya corrido demasiado la voz. De hecho, solo lo sabemos nosotros.

—Eso espero...

Hablamos del suicidio y del estigma social que lleva aparejado. Ya no nos referimos a su intento, sino al concepto, a la acción y a las circunstancias que pueden llegar a justificarla. El tono es distendido y yo digo lo que pienso.

—No estoy para nada de acuerdo con la gente que dice que suicidarse es tomar la salida fácil. Como si estuviéramos obligados a aceptar toda la mierda que nos caiga encima. Para mí el suicidio es una decisión perfectamente lícita si estás atrapado en una vida que no merece la pena ser vivida. De todas formas, no creo que ese sea tu caso: tú no tienes una enfermedad terminal, no sufres hambre ni te han condenado a cadena perpetua; a ti solo te ha dejado la novia.

—En eso tienes razón —dice cerrando la mano sobre el cambio de marchas para reducir bruscamente a segunda—. Y tampoco creo que me cueste mucho encontrar a alguien con quien me entienda mejor que con Aina...

La recta eterna termina en rotonda, giramos a la izquierda y nos adentramos en otra todavía más larga. Deja caer la mano derecha sobre el regazo mientras sostiene la parte de abajo del volante con la izquierda. Cavila en silencio. Los agujeros de la nariz, dilatados.

—Joder, tío... —murmura.

—¿Qué pasa?

—Cuando pienso que hace solo una semana estuve a punto de matarme, se me pone la piel de gallina... Lo tenía tan claro... Madre mía...

Relata los hechos del viernes anterior con mucha más precisión de lo que lo había hecho hasta ahora; pero también con cierta indiferencia, como si me estuviera contando el argumento de una película que no ha acabado de gustarle. Dice que tiene la sensación de haber protagonizado la pesadilla de otro y tres segundos después se pone a ironizar sobre las supuestas propiedades de la cinta americana con la que sujetó la manguera al tubo de escape.

Contempla y describe el epicentro de la tragedia, pero no detecto ningún tipo de emoción en su voz. Y, de repente, como si alguien acabara de apretar un interruptor, mi cabeza formula una pregunta, un interrogante que, tal y como nace, sale disparado por el trampolín que tengo en la lengua.

—¿Cómo se te ocurrió utilizar un método tan complicado? Quiero decir que conducir hasta Sant Hilari, aparcar en el bosque, hacer un agujero debajo del asiento, colocar una manguera que vaya del tubo de escape al interior del coche y tomarse una sobredosis de somníferos no es la forma más sencilla de matarse, que digamos.

Levanta la barbilla y aparta la vista de la carretera. Me mira con los ojos muy abiertos, ávidos, como si por fin hubiera sacado un tema sobre el que es un experto.

—Le estuve dando muchas vueltas —dice—. No quería que me doliera, y lo más importante era que fuera instantáneo. Por eso descarté lo de cortarme las venas. Durante unos días estuve decidido a saltar por un precipicio, pero después pensé que mientras caes debes de tener tiempo de acojonarte. ¿Y qué pasa si tienes la mala leche de no matarte y te quedas paralítico? Paso. La idea habría sido pegarse un tiro en la cabeza, pero no sabía de dónde sacar una pistola.

—¿Y colgarse?

—Ya lo pensé, pero no tengo claro que sea instantáneo.

—Diría que, si se salta de una altura suficiente, sí que lo es. En las películas, cuando caen del catafalco, da la impresión de que el tirón los desnuca y mueren en el acto.

Lo suelto de buenas a primeras, sin pensar en las implicaciones de lo que estoy diciendo.

—Quizá sí —responde pensativo—, pero no me fío demasiado de lo que veo en la tele. Y, de las opciones que me quedaban, la del gas me pareció la menos agresiva.

Aparcamos en una plaza en las afueras y nos lanzamos por una bajada que lleva hasta el *skatepark*. Jordi, Calm y Boixeda nos están esperando junto a la nave. Nos saludamos con el ritual *hardcore* de abrazos exagerados y apretones de mano. Obstruimos una calle estrecha llena de grietas. Jordi y Boixeda se muestran extremadamente amables y efusivos, casi condescendientes, pero aprovechan cada ocasión que se les presenta para escanear a Raül. Calm, en cambio, no se atreve ni a mirarlo a la cara. La desorientación sobre qué hay que hacer y lo que se puede decir es generalizada, hasta que Jordi se impone a la confusión con una pregunta directa.

—Estoy mucho mejor —contesta Raül—; me muero de ganas de patinar.

Todos queremos ignorar la excepcionalidad que nos ha reunido tan lejos de casa y centrarnos en pasar un buen rato. El lugar ayuda. Estamos en una nave industrial reconvertida en pista de patinaje, con módulos de madera como los que aparecen en las revistas de *skate* americanas. No pasan ni tres segundos y Raül ya se está subiendo a un *quarter*; comba la espalda, levanta la barbilla y sale disparado en dirección al *funbox*. Se embala, arquea los brazos en el aire, dobla las muñecas e intenta un *flip 360* con su estilo inimitable, a medio camino entre un karateka y un titiritero. Boixeda y Jordi tampoco necesitan una invitación: se estrellan contra los *handrails* como si el tiempo se hubiera replegado sobre sí mismo y nos hubiera llevado tres años atrás.

Yo no me he llevado el monopatín y, aunque Raül me ha dicho que me dejaría el suyo para que pueda desahogarme, no tengo intención de pedírselo. Nos hemos pasado toda la adolescencia utilizando el mobiliario urbano de Vic para hacer nuestros trucos, sin ningún *skatepark* en el que practicar, así que todo lo que he aprendido a hacer sobre la tabla encaja en los espacios rudos y cuadriculados que tenía a mi alcance. Por eso, cuando me encuentro en un lugar creado expresamente para patinar, donde los límites de lo que puedes hacer dependen solo de tus capacidades reales, me entra el vértigo.

En vez de frustrarme o poner en riesgo mis tobillos, decido ir a sentarme con Calm, que no se ha subido a un monopatín en su vida, pero está dispuesto a pasar la tarde en un *skatepark* en el quinto pino solo para apoyar a un amigo en horas bajas. Es el típico que cae bien a todo el mundo y a quien todos le caen bien, tal vez porque siempre ha rehuido la confrontación. Nos conocimos el primer día de instituto. Se sentaba detrás de mí y, en cuanto vi a aquel tío alto con el pelo largo y los pantalones anchos, supe que tendríamos cosas en común. Sin embargo, cuando a tercera hora me volví para intentar un acercamiento y vi la sudadera que llevaba, no pude evitar un gesto de repulsión.

—Los Red Hot Chili Peppers son una mierda.

—Sí, sí, ya lo sé —respondió riendo—. El jersey es de mi hermana.

Al día siguiente me dejó una cinta de casete grabada con el primer disco de Randy en una cara y un EP de Satanic Surfers en la otra. Antes de terminar el año ya formábamos parte de los fumetas que encendían porros a la hora del patio, algunos de los cuales (como fue mi caso) acabarían viniendo al Sucre atraídos por la afinidad musical y el sentimiento de comunidad que allí se respiraba. De hecho, Albert Calm fue el guitarrista de Time to Change.

Y mientras esos tres se entregan al magnífico arte de caer y levantarse de nuevo, limando rueda y rememorando cómo el monopatín los había unido, Calm y yo hablamos de todo y nada, fumando uno detrás de otro como solíamos hacer antes de acabar el instituto y separarnos para ir a la universidad. Durante un rato tengo la sensación de que los últimos tres años han sido un espejismo. Hasta que levanto los ojos y me fijo en Raül. Está parado junto a un plano inclinado al otro lado del recinto, con un pie sobre la tabla, como si visualizase la pirueta que está a punto de intentar. Cuando ve que lo estoy mirando, empieza a tomar impulso, flexiona las rodillas y encara la pirámide, pero sube a lo alto y vuelve a bajar sin intentar ningún truco. En lugar de eso, viene directamente hacia nosotros, derrapa a dos metros de la tarima en la que estamos sentados, hace saltar la tabla por los aires y la atrapa con la mano derecha. Le brillan los ojos.

—Es mentira, al final ella no vuelve. —Me mira con las cejas rectas y los labios apretados, como quien exige que le devuelvan el cambio correctamente.

—¿De qué me estás hablando?

—De la peli de ayer, que es mentira que al final la tía vuelve con el protagonista. En realidad, no vuelve.

Y, sin decir nada, deja caer el patín, se da media vuelta y empieza a deslizarse a toda hostia en dirección a la pirámide, donde intenta un truco que roza lo imposible, un truco que sabe perfectamente que no conseguirá «planchar».

El resto del fin de semana nos escondemos por Osona esforzándonos por cumplir el deseo de Raül de volverse invisible durante una temporada. Lo visitamos en su apartamento e insistimos en sacarlo de casa. Cuando acepta, ya se ha hecho de noche y exige ir a pueblos de los alrededores y a sitios donde, *a priori*, nadie lo conocerá.

El lunes él vuelve a la fábrica y yo, a mis clases. Dice que agradecerá estar ocupado ocho horas al día. Yo no digo nada, pero el domingo por la noche tomo el tren a Barcelona. El vagón está prácticamente vacío. Estiro las piernas sobre el asiento de enfrente y apoyo la cabeza en la ventana. La luz de las farolas me masajea la retina. El traqueteo de las vías me hace cosquillas en el esternón. Todo me invita a escribir. Abro el cuaderno.

A la altura de Granollers, el bolígrafo todavía no ha tocado el papel. No me puedo sacar de la cabeza el viaje en tren de hace nueve días en dirección opuesta. Aquella mañana vi cómo salía el sol entre estación y estación; hoy lo he visto ponerse y tengo la sensación de que estoy cerrando el círculo. Todo el vértigo, el miedo y el sentimiento de culpa se han transformado en un abatimiento suave. Tengo la sensación de que el peligro ya ha pasado, que Raül ha parado el golpe y que, mientras el hematoma va desapareciendo, nos acercamos a la normalidad.

Nos adentramos en la red de túneles. Ya hace rato que los pueblos se han convertido en ciudades y los campos en polígonos industriales. En el asiento de delante, una mujer demasiado abrigada explica por teléfono cuál es el mejor momento para añadir la carne picada al sofrito. Hoy no me preocupa que la vida que me espera en Barcelona sea una grotesca mascarada. De hecho, estoy impaciente por recuperar el día a día frívolo que hace una semana repudiaba. Añoro la cotidianidad irreal del estudiante de Filosofía mantenido que escribe poesía y lee ciencia ficción. Quiero volver a moverme en un entorno en el que nada de lo que pueda decir o hacer llegue a tener algún tipo de trascendencia.

La cerradura de la puerta tiene truco, presiono hacia arriba hasta que la llave gira. El recibidor es un trastero que hemos ido llenando de muebles y objetos recuperados de la calle: los típicos cacharros que te encuentras al lado de un contenedor al volver de fiesta y piensas que quedarán estupendamente como decoración, pero que, al día siguiente, cuando te despiertas, descubres que no merecían ser rescatados y, sin embargo, no vuelves a tirarlos.

Sigo el rastro del humo y me encuentro a los tres mallorquines con los que comparto piso sentados en el sofá del comedor. Uno de ellos tiene un plato de espaguetis en su regazo y el tenedor hundido hasta medio mango. Miran un *talk show* de humor que a mí no me hace gracia. Vuelven el cuello y me saludan con la cabeza; no dicen nada, pero tampoco me quitan los ojos de encima. Tengo la sensación de que han hablado entre ellos; sin embargo, no saben qué decir ni si es pertinente preguntar. Quizá temen una reacción dramática por mi parte.

Cuando salgo del lavabo, Damià me está esperando junto a la puerta. Me pone una mano en el hombro.

—¿Cómo está tu amigo?

Nunca lo han visto, ni siquiera saben cómo se llama.

—Mucho mejor, ahora ya será todo cuesta abajo.

—¿Has cenado?

—No tengo hambre. Me voy a la habitación a ver una peli en el portátil.

Me siento en la cama, al amparo de la bombilla sin pantalla que cuelga del techo, y saco un fajo de hojas de la carpeta. Hace diez minutos, mientras bajaba del metro en Fontana, me ha venido a la cabeza Sergi y enseguida he sentido la necesidad de escribirle. Llevamos años enviándonos cartas, desde que yo tenía dieciséis y él veinte, independientemente de si vivíamos en la misma ciudad o tocábamos en el mismo grupo de música. Es una forma de hacernos confidencias, pero también de explicarnos cosas a nosotros mismos, porque en soledad y sobre papel se tejen reflexiones que costaría mucho sacar fuera en cualquier otro contexto.

En cierto modo, y sin pretenderlo para nada, Sergi Bagaria se convirtió en el ideólogo del Sucre, o al menos de «mi» Sucre. De no ser por su romanticismo contagioso, es probable que nunca me hubiera atrevido a cantar en un grupo (él fue el batería de Time to Change, con

Marcel en el bajo y Calm en la guitarra) ni habría editado un fanzine. Es más, aquel erudito del *hardcore* que tocaba la batería con más honestidad que talento y grababa cintas recopilatorias personalizadas para sus amigos fue el primero en recomendarme a Nietzsche, Dostoievski, Maupassant, Swift y tantas otras lecturas que me cambiarían la vida para siempre.

Pero, a pesar de haber sido el impulsor de las cosas más bonitas que salieron del Sucre, Sergi también fue uno de los primeros en alejarse. Siempre he pensado que se debió a que el grupo había crecido más de la cuenta, porque cada vez había más gente que venía solo para salir de fiesta y las relaciones se estaban volviendo superficiales. Sea como fuere, en algún momento confuso de aquellos caóticos años Sergi colgó el monopatín y dejó de venir a los conciertos. Pero yo seguía quedando con él. Íbamos a cenar y lo alargábamos hasta la madrugada. Filosofábamos, soltábamos aforismos y contábamos chistes protagonizados por Sylvester Stallone. Era mi amigo de referencia, y si hasta ahora no ha salido en esta historia es porque, cuando tuvieron lugar los hechos, llevaba medio año viviendo en Edimburgo.

Lleno siete páginas a mano contándole con pelos y señales el intento de suicidio de Raül. Lo pongo en antecedentes y me apresuro a hacer balance de cómo lo he visto evolucionar en los últimos días. Escribo todo eso porque creo que debe saberlo, pero mientras lo pongo en palabras percibo que el batiburrillo emocional se va ordenando y que mi relato es el que conforma la realidad y no al revés. La conclusión será positiva, necesito que lo sea, así que afirmo que nuestro amigo ha superado el trance, que ha salido del pozo y ya mira hacia delante. Es la verdad, es lo que creo, estoy firmemente convencido de ello. Aun así, repetírmelo me sienta bien.

Escribir a Sergi me ayuda a observar las cosas con cierta distancia; pero, si tenemos en cuenta la velocidad a la que se suceden los cambios en el mundo moderno, comunicarse por carta es como viajar en el tiempo. Debido a la demora habitual en el correo postal, cuando Sergi lea mis hojas nuestro amigo se encontrará en un punto bastante diferente al que le he descrito. Y una semana más tarde, cuando me llegue su respuesta, el mundo del que me hable ya ni siquiera existirá, Raül estará muerto y yo emprenderé una huida hacia ninguna parte.

En su carta me cuenta que Raül le había escrito unas semanas antes para decirle que lo había dejado con Aina. Al instante lo visualizo dos meses atrás, en plena fase de reencuentros, pidiéndome la dirección del «Bagaria mayor» en Edimburgo. Tal como debió de hacer con él, Sergi me tranquiliza con palabras medidas, convencido de que nada puede abatir al *skater* más ingobernable de la Plana de Vic. Si esto fuera una conversación telefónica, si en el mismo momento en que yo le hablaba él hubiera podido responderme, estoy seguro de que me habría llenado de aplomo. Pero el maldito desajuste temporal del correo postal... Leo las páginas de Sergi tras haber perdido la batalla. Raül está muerto y todo lo que soy capaz de retener es una cita, escrita con letra pequeña y apretada al final de la última hoja. Es el estribillo de una canción de los Kitsch, un grupo de Banyoles que apenas conozco, pero que a partir de hoy empezaré a seguir con devoción.

... i no m'afecta ni el vent ni la pluja,
però encara que no ho sembli,
no hi ha pitjor tortura
que pensar.[1]

En Barcelona paso por un proceso de descompresión que consiste en salir mucho, pensar poco y dejarme envolver por el arrebato juvenil como quien se mete dentro de una armadura. Todavía tengo una mancha de tristeza bajo las costillas, pero hago todo lo posible por ignorarla. «Lo más duro ya ha pasado, todo irá bien, es hora de continuar con nuestras vidas.» Me lo repito después de cada mensaje corto y superfluo que intercambio por teléfono con Raül.

Viernes al mediodía. He comido temprano y ahora hago la mochila con los auriculares en mis oídos sonando a todo trapo. Tengo una docena de cajas de cedés esparcidas por la cama deshecha. Elijo tres, los coloco horizontales sobre la ropa y pongo el discman encima, trabado entre calcetines para evitar que se mueva. Cierro la cre-

(1) ... y no me afecta ni el viento ni la lluvia, / pero, aunque no lo parezca, / no hay peor tortura / que pensar. *(N. del T.)*

mallera. La perspectiva de volver a Vic y pasar el fin de semana en los sitios de siempre, como lo habría hecho tres semanas atrás, me produce un cosquilleo en la barriga.

Ya estoy en la esquina cuando noto la vibración del teléfono en el bolsillo del pantalón. Es él. Me dice que tiene ganas de bajar a Barcelona y que si me apetece hacer algo esta noche. Le respondo que estaba yendo al tren para subir a la Plana, pero dejo que se explique: dice que la noticia de su intento de suicidio se ha extendido, está convencido de ello, y todavía no se siente preparado para exponerse a las miradas compasivas de la gente de Vic. No quiere ser evaluado y diagnosticado por los de la mesa de al lado.

Cabe decir que fingir normalidad es uno de los pilares fundamentales del carácter de los vicenses, siempre dispuestos a hacer comentarios envenenados por puro entretenimiento cuando la cosa es gratuita, pero expertos en callar y guardar las apariencias cuando los hechos son realmente graves. Así pues, por lo que se refiere a intromisiones directas de los chismosos, puede estar más que tranquilo. No obstante, otro de los rasgos del carácter vicense (y tal vez el más genuino) es el hacerte sentir juzgado sin necesidad de pronunciar ni una palabra sobre el tema en cuestión. Es una técnica que pasa de padres a hijos de forma inconsciente, como el gusto por la longaniza o la obsesión por la privacidad. El secreto radica en una combinación de miradas acusadoras y entonaciones condescendientes con la que se consigue que, se hable de lo que se hable, tengas la sensación de que te están perdonando y que, por tanto, hay algo de lo que deberías sentirte culpable. Los expertos en la materia lo decoran con unos puntos suspensivos puestos en su sitio, un pequeño silencio que rematan con una coletilla recurrente, como «todos hacemos lo que podemos» o «cada uno es como es».

Raül tiene ganas de salir de fiesta y quiere hacerlo desde el anonimato. También le iría bien ligar, dice, pero sobre eso prefiere no hacerse ilusiones. Cambio de planes sin oponer resistencia. Cuando cuelgo estoy en la plaza Rius i Taulet. Busco un banco al que le dé el sol y saco la novela vieja y mal traducida de Robert Sheckley que llevaba para el tren. Puedo renunciar a pasar la noche en el Atònit con Marcel y los demás, pero no renunciaré a la hora y media de lectura que me regala Renfe.

Llega hacia las seis de la tarde. Ha aparcado el coche en Penitents y ha bajado hasta Gracia en metro. He avisado a los mallorquines de que dormirá en el sofá del comedor, que en realidad es un somier roto con un colchón de espuma y media docena de cojines encima. Deja la mochila en el apartamento y vamos al bar Casa Pagès para la cerveza de reconocimiento. Por el camino siento ese hormigueo mágico de cuando los amigos de Vic vienen a verme a Barcelona. Es la ansiedad por hacerles de anfitrión, por impresionarlos con mi supuesta vida cosmopolita, aunque en realidad esté hecha de soledad y medias amistades.

Nos sentamos a la mesa que hay a la izquierda de la entrada, justo antes de la barra. Con el primer trago anuncio que he decidido pillar una turca monumental. Él no se muestra interesado. La idea de «ligarse una guiri» ha ido ganando peso en su imaginario. Sospecha que si echa un polvo con una desconocida podría acabar de romper el maleficio. No necesito más argumentos para secundar la moción, así que mi yo-solucionador-de-problemas empieza a desgranar patochadas sobre las ganas que tienen los turistas de hacérselo con especímenes autóctonos.

Ninguno de los dos encajamos en el perfil de tíos que salen de fiesta para follar. El ambiente de las discotecas nos da una pereza infinita y sabemos por experiencia que no puedes entrarle a una desconocida diciéndole «vaya mierda de música y vaya mierda de sitio». Por eso decidimos ir al Sidecar, una sala de conciertos situada en un sótano de la plaza Real, demasiado cutre para ser considerada una discoteca, y donde, con suerte, sonará alguna canción decente. Además, está lo suficientemente cerca de la Rambla como para que la mitad de la concurrencia sea extranjera.

Para nosotros, lo de echar un polvo con las guiris que venían de vacaciones dispuestas a quemarlo todo era un mito ancestral. Habíamos oído hablar de gente que iba a Lloret de Mar o a Platja d'Aro, se mezclaba con los turistas y acababa triunfando, pero la verdad es que nunca habíamos tenido suficiente ansia o paciencia para dedicar una noche a tal propósito. Cuando íbamos de fiesta a la Costa Brava era un tema recurrente, y a veces incluso hacíamos ver que era nuestro objetivo principal; pero, a la hora de la verdad, nos metíamos en el primer local donde sonaran guitarras (que generalmente coincidía con el típico bar *heavy* que puedes encontrar en todos los pueblos de playa) y nos repartíamos entre la barra y el futbolín, desde donde mortificábamos al responsable de la música hasta que ponía la obligada canción de Agnostic Front o de Bad Religion. Eran antros frecuentados por greñudos autóctonos que nos miraban de reojo o, como máximo, por algún cuarteto de fornidos germánicos que bebían jarras de litro sin parar.

Más tarde, cuando el local cerraba, siempre había alguien que volvía a mencionar lo de las guiris y la discoteca. Entonces salía a colación que, tal y como íbamos vestidos y calzados, no nos dejarían entrar. Eso solucionaba el problema, así que nos encaminábamos haciendo eses hacia la playa, donde continuaríamos charlando y riendo hasta que nos sintiéramos lo bastante valientes para lanzarnos al agua. Después, una vez que el remojón nos había despejado, nos dábamos cuenta de que la arena estaba llena de parejas metiéndose mano, o de grupitos acabando de decidir los emparejamientos para ponerse a ello, y nos daba rabia admitir que el tren había vuelto a pasar de largo. Pero lo cierto es que tampoco lo lamentábamos demasiado, porque tener que interactuar con gente que no formara parte de nuestro mundo cerrado y autorreferencial nos incomodaba bastante.

Nos acodamos en la barra del Sidecar y pedimos dos cervezas. Un camarero con el pelo acartonado y una camisa negra que le aprieta los hombros nos sirve y nos cobra en dos movimientos.

—Menos mal que has dicho que aquí sonaba buena música —se queja Raül.

—Creo que depende del día de la semana —le grito al oído—; los viernes deben de poner esta mierda.

Una batería sintética y la voz melosa que cabalga encima nos comprimen los tímpanos. Es el típico estribillo de *house* comercial que se ha apoderado de nuestra generación.

—De hecho, me da igual —dice.

Coge la botella y se desliza hacia el interior de la sala. Hago lo mismo con dos segundos de retraso. Me cuelo entre torsos y espaldas, entre culos, brazos y rodillas que se agitan unos contra otros con cadencias desiguales. No lo veo por ninguna parte y las torres de metro ochenta de los turistas nórdicos no facilitan la búsqueda. Aparto a uno que me cierra el paso a la zona del escenario. Intento ser suave, pero le pillo a contrapié y el movimiento hace que se le derrame el cubata. Por el gesto diría que se le han mojado los pantalones. Se vuelve con los labios muy apretados y los ojos disparados. Junto las manos como un monje budista, bajo la cabeza y huyo hacia delante, sin detenerme a escuchar sus reproches.

Vuelvo a tener los codos sobre la barra y una botella delante. La base rítmica se llena de matices.

—¡Eh!

Me pasa el brazo por encima del hombro y se hace un hueco a mi lado.

—¿Dónde te habías metido? —le digo algo mosqueado—. He recorrido toda la sala y no te he visto. Esto está lleno de peña.

—Me he encontrado a un tío que antes patinaba y hemos estado hablando un rato. Ven, he descubierto un sitio estratégico.

Me agarra de la muñeca y tira de mí siguiendo la pared lateral hasta un pequeño espacio despejado en medio del tumulto. Está frente a la salida de emergencia, al lado de los lavabos y con la barra pequeña a tres pasos. Lo mejor es que nos brinda una buena panorámica de la concurrencia y está lo bastante oscuro para poder reírnos de ellos impunemente. Hacer chistes sobre los desconocidos que nos rodean es uno de nuestros pasatiempos preferidos, sobre todo si desentonamos en el ambiente predominante.

A medida que la acumulación de alcohol va haciendo efecto, pasamos de marcar el ritmo con un solo pie a añadir pequeños golpes de cabeza, después a agitar los brazos y, finalmente, a sacudir las caderas. Si la canción nos gusta, la bailamos; si no, hacemos el burro. Siguiendo esta regla de tres, hemos elaborado todo un catálogo de coreografías idiotas que en más de una ocasión nos han causado problemas, pero hoy tenemos claro que no podemos pasarnos de frenada.

Raül ha visto a un grupito de cinco chicas que forman un círculo abierto. Capitaneo un discreto intento de acercarnos a ellas. Es tan discreto que ellas ni se enteran. El ritual de seducción en ambientes festivos es un misterio para mí, así que al cabo de dos minutos decido salir de escena e ir a echar una meada. Cuando vuelvo, él se ha integrado en el corro. Habla con la chica más alta, una morena pálida de pelo largo y liso que se parece vagamente a Aina. Ella lo escucha y se inclina para responderle rozándole la mejilla. Se ríen.

Sin dejar de hablar, se van apartando del resto del grupo. Desde mi atalaya las perspectivas parecen inmejorables, así que vuelvo a la barra pequeña y pido otra ronda, esta vez solo para mí. La camarera me mira con cara de malas pulgas: me ha tomado por el típico baboso que se instala solo en la barra y se pasa toda la noche tirándole la caña. Le doy la espalda.

En la pista, los brazos se alzan con los primeros compases de una canción famosa. Los saltos ganan altura, los dedos apuntan al cielo. Yo lo miro desde lejos, sin dejarme tentar por la euforia ajena. Adivino a Raül entre la agitación, con los pies clavados en el suelo, como una estatua de mármol en medio de una tormenta. Sigue comiéndole la oreja a la chica. Ella asiente con la cabeza mientras se mueve al ritmo de la música. De vez en cuando lanza una mirada rápida a sus amigas, que saltan y se abrazan como si acabaran de sonar las doce campanadas.

Dos temas después, vuelvo a tenerlo a mi lado.

—Es una tía de puta madre, nos hemos caído muy bien, pero dice que tiene novio.

A la chica le ha hecho gracia que no fuera el típico moscardón pegajoso de discoteca, una de esas aves de rapiña que empiezan a hablar sin tener nada que decir solo como excusa para aproximarse a la presa. No es habitual que un desconocido se acerque a hablarte con el corazón en la mano en una pista de baile; pero aún lo es menos que, en ese contexto, la persona receptora de las confidencias no salga corriendo. Sea como fuere, la cosa no ha cuajado.

Un par de horas después estamos sentados en la estación de plaza Catalunya esperando el primer metro. En el andén hay cuatro gatos medio dormidos. Yo me he fumado un porro y tengo la risa tonta. Saco dos rotuladores Edding 800 que no sé cómo han ido a parar al bolsillo lateral de mis pantalones y le ofrezco uno a Raül, que enseguida se abalanza sobre él. Escribe a toda velocidad y con la fluidez de un grafómano. Ataca los plafones de la línea verde, los bancos, los carteles publicitarios y hasta el interior del vagón. Parece que esté redactando el clímax de una novela y no pueda parar hasta llegar al punto final. Él va a la suya, le da igual si lo ven las cámaras de seguridad o el resto de los pasajeros.

En la parada de Fontana sale disparado del tren. Yo abandono mis pintadas, mucho más tímidas y escasas, para fijarme en qué coño está escribiendo tan obsesivamente. Como ya imaginaba, no se trata de proclamas políticas, pero tampoco son dibujos obscenos ni chistes malos. Habla con Aina. La maldice, le hace un reproche, le declara su amor y la vuelve a maldecir. Una y otra vez, como un péndulo que oscila entre el amor y el rencor. Lo voy leyendo mientras subo los tres tramos de escalera que me separan de la calle Gran de Gracia.

Me está esperando en la acera, pero no deja que lo atrape, porque en cuanto me ve salir se mete en la calle Asturias blandiendo el rotulador como si fuera una espada.

—Es por aquí, ¿no? —grita desde su posición avanzada.

A la altura del cruce con Sant Antoni le digo que gire a la derecha. Yo voy media docena de metros por detrás, deteniéndome frente a cada pintada para no perder detalle de su debate interno. Sin embargo, el péndulo ya no se mueve: el resentimiento se ha llevado la victoria y ahora todas las palabras son contra Aina. Estoy demasiado perjudicado para pensar con normalidad, pero a mí todo esto me suena a purga, al típico ataque de lágrimas con vomitada incluida que pone fin a una fiesta demasiado intensa. Ha pasado una buena temporada en el infierno, es normal que algún demonio lo haya seguido hasta aquí. Al menos no se le ve triste, ni angustiado, ni hundido en ningún pozo de autocompasión.

Durante las próximas semanas seguiré ese mismo rastro de tinta día sí y día también, como si al llegar a la última pintada me lo fuera a encontrar sentado en la acera, con un cigarrillo entre los dedos y una sonrisa en los labios. Releeré las palabras garabateadas de madrugada sobre las paredes del barrio y buscaré significados ocultos. Les pediré que me cuenten secretos, que me digan cómo se sentía en ese momento, siete días antes de desaparecer. Elegiré las pintadas más significativas, las que vayan más allá de los simples reproches repetidos una y otra vez como un mantra expiatorio, y las fotografiaré con una cámara analógica, temeroso de que la lluvia las borre y la presencia de Raül desaparezca de mi paisaje cotidiano.

Pero hoy todavía está conmigo y sus pintadas me parecen un desahogo espontáneo. Se ha entretenido en la plaza Anna Frank. Está agachado, con la espalda curvada hacia delante y el culo sobre los talones, concentrado en una placa metálica que, aunque él no lo sepa, está dedicada a la víctima de los campos nazis. Parece que ese garabato le exige más concentración que el resto.

Cuando llego a su lado ya ha terminado el trabajo. Se retira y continúa por la calle Jaén. Lo primero que veo es que la pintada no coincide con ninguna de las anteriores. La leo una, dos, tres veces, mientras un escalofrío me recorre la columna. El trozo de hierro fundido se ha convertido en lápida y las palabras que ha escrito son el epitafio. Dice: «¡¡¡VIVA LA MUERTE ELEGIDA!!!», enmarcado así, con tres signos de exclamación.

La rotundidad de la afirmación me impacta entre las cejas. Es un grito de guerra, una consigna y una reivindicación. Es política personal. Cuando consigo recuperar la perspectiva y desentumecer las articulaciones, vuelvo a ir tras él con mi paso renqueante. Sus pintadas han cambiado definitivamente de sentido. La rabia contra Aina ha sido sustituida por todo tipo de proclamas a favor del suicidio. Lo reivindica como una acción de la que nadie debería avergonzarse. Lo alaba como un acto de valentía y como un gesto de libertad, mientras repite esa expresión de «la muerte elegida». Yo estoy fuera de combate, no sé qué decir ni qué hacer y me limito a meterle prisa para ir a dormir.

Al día siguiente tenemos una resaca moderada. Bajamos al bar de la esquina con la misma ropa con la que hemos dormido y pedimos dos bocadillos. Él no dice nada sobre la deriva final de las pintadas y yo no me decido a sacar el tema. Conociendo sus borracheras, lo más probable es que ni siquiera se acuerde. En lugar de eso, se empeña en saber más sobre mi vida en Barcelona, como si de pronto se hubiera dado cuenta de que durante cinco días a la semana mi mundo es diferente al suyo. Me pregunta qué tipo de relación tengo con los compañeros de piso y si es verdad que en la universidad la gente se hincha a follar.

—Me habría gustado vivir unos años en Barna —dice después de escuchar mis respuestas.

—Aún estás a tiempo.

Deja de rascarse la nuca, se agarra la barbilla con dos dedos y levanta la mirada, como si se lo estuviera imaginando. Al cabo de tres segundos, hace una mueca y niega con la cabeza.

—No lo digo en broma, eh.

—¿Y qué coño quieres que haga, estudiar? —pregunta en tono de burla.

—Puedes buscarte un curro, seguro que no será mucho peor que trabajar en Casa Tarradellas.

—Acabaría haciendo hamburguesas en un McDonald's.

—Hombre, teniendo en cuenta que no hace ni dos años estuviste a punto de irte a trabajar a una central petrolera en medio del mar, creo que aún saldrías ganando. Eso sí que habría sido un puto infierno.

—Eran solo seis meses y cobrabas la hostia de pasta... Lo que pasa es que me habría matado a pajas.

Una risa corta y sonora le sacude todo el cuerpo. Está de buen humor y por un momento tengo la tentación de hablarle de la noche anterior. Pero no lo haré; prefiero pensar que es uno más de los mil disparates que hemos hecho volviendo de fiesta a lo largo de los años. Además, siempre me ha parecido de mal gusto hurgar en la resaca de alguien recordándole los deslices de la noche anterior.

Laia nos espera en la parada de metro de Penitents. Subirá con nosotros a Vic. Hace unos meses que nuestro rollo intermitente se ha estabilizado y empiezo a intuir que se convertirá en la mujer de mi vida. Es una posibilidad que me asusta, siento que soy demasiado joven para enredarme en una relación duradera; pero en este tema, como en tantos otros, la muerte de Raül me ayudará a quitarme de encima las manías. Después de su suicidio me obligaré a no dejar pasar ninguna oportunidad de tener una vida que valga la pena ser vivida. Y estar cerca de Laia, todavía hoy en día, es uno de sus puntales.

Ella no lo pondrá en palabras hasta la noche, cuando estemos solos en mi habitación, pero sus ojos ven a un Raül consumido y sin nervio, físicamente desgastado, con la piel áspera y enrojecida y las bolsas de debajo de los ojos hinchadas como babosas. Yo le responderé que la noche de dormir poco no le ha hecho ningún favor y que tiene mucho mejor aspecto que hace una semana. De hecho, dejando a un lado el desliz alcohólico de la madrugada anterior, creo que ha experimentado un renacimiento interior, casi una regresión.

Se lo digo porque, mientras cruzábamos Barcelona con el Ford Fiesta gris, ella detrás y yo en el asiento del copiloto, le hemos visto llevar a cabo un antiguo ritual que llevaba años sin practicar. Con los cristales bajados y el codo colgando de la ventana, nos indicaba cada barandilla, cada plaza y cada escalera que veía como posibles lugares a los que ir a patinar; y, después de mencionar si salían en algún vídeo o en alguna revista, explicaba los trucos que él mismo podría intentar. A mí se me humedecían los ojos al comprobar que, tras el terremoto que ha convertido su proyecto de vida adulta en escombros, el pilar todavía se mantenía en pie.

Hoy, dieciocho años después, lo que recuerdo con más claridad de ese último fin de semana es que caía un sol de justicia. Cuando llegamos a Vic nos separamos con un apretón de manos y medio abrazo, sin siquiera detener el motor del coche. Raül levantó la barbilla y dijo «hasta mañana». Yo solo quería acurrucarme junto a Laia y dejarme mimar, celebrar que el amor también puede ser sencillo y juguetón, sin finales trágicos ni reveses tenebrosos. Lo necesitaba tanto como él necesitaba dormir y ni siquiera tuve que decírselo.

El domingo, antes de tomar otra vez el tren hacia Barcelona, fuimos juntos a su apartamento. En las tardes dominicales se respiraba una calma melosa, la quietud reparadora de cuando la resaca ya ha sido superada y las obligaciones todavía parecen quedar lejos. Tengo la imagen mental de Jordi y Raül aferrados a los mandos de la videoconsola, con Marcel fumando de pie detrás del sofá y Laia rebuscando en la colección de cedés, pero es muy posible que esa estampa corresponda a otro día. En cualquier caso, aquella fue la última vez que vi a Raül.

Si esto fuera ficción y no un pedazo de vida real, ahora describiría un detalle revelador, un gesto o una palabra de mi amigo muerto que quedaron grabados en mi memoria para siempre. Pero solo fueron un par de horas muertas cualesquiera, sin épica ni trascendencia, y me siento incapaz de transformarlo en otra cosa. Por otra parte, la compañía era agradable y la conversación, amena; así que ninguno de nosotros, diría que ni siquiera Raül, tuvo la sensación de que aquello fuera el fin de nada.

También he de confesar que nunca he querido averiguar qué hizo durante los cuatro días que separan ese último domingo de su huida el viernes siguiente. Me contaron que había mantenido la vida social al mínimo, que en el trabajo actuaba como si nada hubiera ocurrido y que ante su madre fingía que todo iba bien. Ni siquiera entonces, con el suicidio todavía reciente, se me ocurrió preguntar si esa semana había ido a ver a algún amigo o si había tenido contacto con Aina. Para mí no tenía importancia porque el desenlace era irreversible; pero también porque, en el fondo, sabía que la decisión había sido tomada con antelación. Más de una vez me había manifestado que si había escogido seguir viviendo era por no hacer daño a la gente que le quería. Y eso me lleva a pensar que, en soledad, cuando ponía sus intereses por delante de los del resto del mundo, pesaban más las ganas de morir.

Viernes al mediodía. Jordi acaba de salir de la fábrica cuando suena su teléfono. Raül quiere saber si le apetece ir a patinar con él. Hacía mucho tiempo que el último *skater* del Sucre no recibía una llamada como esa (la escapada a Palafrugell de hace dos semanas no cuenta) y no puede disimular su entusiasmo. Le dice que por supuesto, que él sigue yendo cada viernes, y Raül añade que podrían acercarse al *skatepark* de Mollet: está muy desentrenado y no querría hacer el ridículo ante los niños de Vic. Así pues, quedan en encontrarse después de comer y Jordi se va a casa con la sensación de que, ahora sí, todo vuelve a ser como antes.

A menudo me los imagino a los dos solos en aquella explanada, a las afueras de una ciudad que no es la suya.

Subiendo y bajando cada uno a su ritmo, cuadrando ruedas y limando ejes mientras cae la tarde. Prueban rondas sencillas y clavan sus trucos clásicos, pero no fuerzan la máquina ni intentan grandes proezas, porque hoy patinan solo por el gusto de hacerlo. Los veo parándose a un lado de la pista para comentar la pirueta que van a probar, analizando en qué ha fallado el intento anterior. Se refieren al monopatín, a la manera de hacerlo deslizar, saltar o girar; pero parece que hablen de sus vidas y de la manera de hacerlas deslizar, saltar o girar.

Para Raül el *skate* se ha convertido en una forma de congelar el tiempo, un refugio que le permite dejar de darle vueltas a la cabeza durante un rato y concentrarse en el presente inmediato. Sin embargo, hoy hay algo más: ha querido compartir la patinada con su amigo más constante y leal y hacerlo lejos de Vic, en un lugar donde solo estuvieran ellos dos. No será hasta después del entierro cuando Jordi conseguirá leer entre líneas y comprenderá entonces que esa preciosa tarde haciendo lo que más le gustaba en el mundo fue la manera en que Raül quiso despedirse de él.

Otro viernes habrían alargado la tarde con unas cervezas y un trozo de pizza. Luego habrían sopesado los diferentes planes posibles y habrían dejado que la noche los sorprendiera. Hoy ninguno de los dos se arriesgará a estropear una tarde perfecta. Además, al día siguiente Jordi tiene que madrugar para ir a Andorra, así que se dicen adiós con el mismo abrazo efusivo de siempre y quedan en llamarse al mediodía, satisfechos de haber podido rememorar algunos de los mejores momentos de su amistad.

Esa misma noche, atrincherados en el Frankfurt Baviera con Laia y Marcel, esperamos noticias de Raül. Hoy hay concierto en La Roca y habíamos quedado en ir juntos. Cuando le envío un mensaje para preguntarle si quiere que lo pasemos a buscar, responde que ha estado toda la tarde patinando con Jordi en el *skatepark* de Mollet y que está hecho polvo. Ya nos veremos mañana en el Atònit.

Al cabo de unas horas, los madrileños Zinc empezarán a tocar y un grupo de borrachos patéticos los saludarán con gritos de «¡Osama, ¡Osama!». La banda parará a media canción y el guitarrista explicará al público que, de no ser porque ya estaban embarcados en la gira europea que acaba con el concierto de hoy, el día 11 de marzo él habría ido en uno de los trenes que saltaron por los aires, camino del trabajo.

—Ha muerto mucha gente inocente, así que, por favor, un poco de respeto. —Y los borrachos se dispersan entre la multitud, disimulando.

Es la típica anécdota que, al día siguiente, en una clásica noche de sábado en el bar Atònit, cuento a todo aquel que quiera escucharla. Solo me falta comentarla con Raül, que seguro que aprovechará para hacer uno de sus chistes sarcásticos, dándole la vuelta a la historia y transformándola en algo totalmente diferente. Pero ya son las once y media y todavía no ha llegado. Quien entra por la puerta y viene directo hacia nosotros sin pasar por la barra es Jordi, que acaba de regresar de Andorra. Coloca las palmas de las manos sobre la mesa y nos barre con la mirada.

—Me ha llamado la madre de Raül, dice que ayer no fue a dormir a casa.

Las respiraciones se entrecortan. Los corazones se saltan un latido.

Hago el gesto de sacar el teléfono.

—Lo he intentado veinte veces y lo tiene apagado —dice negando con la cabeza para invalidar mi acción—. ¿Alguien sabe algo o no?

Confirmamos que ninguno ha hablado con él en todo el día y la sensación de *déjà vu* nos estalla en la cara.

—Ayer, en Mollet, no se le veía especialmente jodido —continúa, mientras coge una silla y se sienta a la cabeza de la mesa—; ni siquiera sacó el tema de Aina. Ya se lo he explicado a su madre. No creo que debamos alarmarnos.

La conclusión de Jordi, ya sea real o autoimpuesta, promueve una calma a la que nos aferramos sin dudarlo.

—Tienes razón —añado—; además, la otra vez nos escribió a todos, ¿no? Raül no se suicidaría sin despedirse.

Y así, uno por uno, vamos esgrimiendo argumentos que nos mantengan el culo en la silla y el pulso a raya.

—Seguro que se ha marchado a Andalucía —dice Jordi—, habrá ido a ver a la tía esa que conoció por teléfono. El otro día todavía hablaba de ella.

Todos secundamos la moción.

—Ya nos llamará desde allí.

Logramos convencernos mutuamente de lo que más nos conviene. Nos lo imaginamos conduciendo hacia el sur, o en cualquier otra dirección, en busca de un nuevo comienzo. He aquí otro tópico cinematográfico que nunca sale como esperabas. Sin embargo, a la hora de cerrar ya hemos neutralizado por completo nuestra aprensión, estamos convencidos de que enseguida tendremos noticias de Raül y que la aventura que nos contará estará a la altura de sus mejores anécdotas.

Pese a la preocupación latente, recuerdo aquellas horas en el Atònit como los últimos compases de una época chispeante. La implicación entre los miembros del grupo aún era incondicional. Es cierto que los años buenos del Sucre ya empezaban a quedar atrás, pero habíamos conservado una relación franca y directa, sin los muros invisibles que pocas horas después nos acabarían enjaulando dentro de nuestro propio drama.

El suicidio de Raül cayó entre nosotros como una bomba de silencio. A cada uno se le abrió dentro un abismo personal e intransferible, un vacío que ante cualquier otro miembro del grupo se transformaba en una presencia incómoda. Como si el encuentro entre dos amigos de Raül convocara de forma automática a su fantasma y todos prefiriéramos hacer ver que no nos dábamos cuenta de ello. Cada vez que estábamos juntos había un tema sobre el que nadie se atrevía a hablar, un silencio atronador que con algunos nos distanciaría definitivamente, mientras que con otros nos uniría para siempre.

Aun así, incluso con Jordi y Marcel, con quienes esta historia nos ha hermanado de por vida, tardamos mucho tiempo en poder evocar libremente su suicidio. No su muerte, eso lo asumimos enseguida, sino el sentimiento de culpa y la sensación de fracaso que nos había dejado.

Era una especie de corriente subterránea, un géiser de dolor que pugnaba por salir y que, de vez en cuando (a menudo, en horas intempestivas y en contextos poco adecuados), emergía de las profundidades con una fuerza imparable. Entonces no teníamos más remedio que abrirnos en canal. Vomitábamos recuerdos y sensaciones y hacíamos un *collage* con los recortes que brotaban de cada uno. Estas erupciones, inevitables pero catárticas, se han ido sucediendo de forma muy espaciada en el tiempo hasta el momento en que decidí empezar a escribir este libro. Y, aunque cada vez nos dejaban emocionalmente devastados durante unos días, también iban fortaleciendo nuestro vínculo.

En mi caso, la alarma por la desaparición de Raül no saltará hasta el domingo a la hora del vermut, cuando reciba una llamada de su madre. Al ver el número en la pantalla, ahogo la pereza que me mantenía bajo las sábanas y me levanto de un salto. Toca recibir una buena noticia o, al menos, alguna información que aclare el asunto, pero en lugar de eso me encuentro con una pregunta directa y una orden rotunda.

—Raül está contigo, ¿verdad? Dile que se ponga.

El tono es tenso, pero se esfuerza por parecer serena, incluso amable. Le respondo que ni estoy con él ni he sabido nada desde hace días. Ella actúa como si no me hubiera oído y vuelve a repetir la pregunta, esta vez con un temblor que la revela al borde de la derrota. Ahora da por sentado no solo que estamos juntos, sino también que estamos en Barcelona. Reitero la respuesta con unos primeros trazos de irritación: Raül no está conmigo y, además, estoy en Vic, en casa de mis padres.

El velo de simpatía con el que me ha hablado hasta ahora está a punto de rasgarse, pero logra mantenerlo a raya con un cambio de estrategia. Adopta un sonsonete indulgente, como si me perdonara de antemano, y expone lo que para ella son hechos consumados.

—Ya sé que Raül se está quedando en tu piso de Barcelona, y no pasa nada, de verdad; si no se quiere poner, lo entiendo. Pero dile que no hace falta que se esconda, no tiene por qué preocuparse. He hablado con el abogado y me ha asegurado que todavía está a tiempo de entregarse... Si se entrega voluntariamente, no le pasará nada grave.

—¡Ya te he dicho que no estoy con él! Pero ¿se puede saber de qué coño estás hablando?

—Tú dile esto, ¿vale? Dile que, si se entrega y se declara culpable, no habrá consecuencias.

—¡Que no estoy con él, joder! —repito por cuarta vez, con un vértigo creciente.

Ha pasado algo espantoso. Tengo un agujero en el pecho y muchas ganas de llorar, pero me da tanta rabia que no quiera creerme que tengo que aplazar las lágrimas.

Me deja solo durante unos segundos. No cuelga, solo se ha retirado del auricular para hablar con alguien. Es un hombre, una voz seca que la calma y le da instrucciones firmes. Tras escucharlo, recupera el teléfono. Se nota que no quiere seguir, que no tiene ganas de continuar con la conversación, pero el hombre la presiona y ella da la cara, esforzándose por contener los sollozos.

—Estoy con el abogado, dice que es muy importante que Raül vaya hoy a los Mossos.

—¡Pero no oyes lo que te digo o qué! ¿Se puede saber qué coño ha pasado?

—Sé que Raül está contigo, sé que lo quieres mucho y es normal que lo protejas, pero tienes que entender que en realidad lo estás perjudicando. Si no se entrega voluntariamente...

La frase queda interrumpida. El teléfono acaba de cambiar de manos. El abogado habla con mucha más contundencia, me acusa y me amenaza con una agresividad quirúrgica. Es un profesional de la tergiversación y quiere intimidarme. Me advierte de que esconder a un fugitivo de la justicia es un delito y que, si Raül no se pone ahora mismo al teléfono, los dos tendremos problemas graves.

Lo envío a la mierda, pero él prosigue su ataque, más fuerte, más contundente y más amenazante. De fondo se oye a la madre, que ha roto todos los diques y ahora llora a lágrima viva, con unos gemidos que parecen gritos. Cuelgo.

Tiro el teléfono sobre la cama y le doy una patada a la mesita. Las manos me tiemblan. La violencia de los latidos me roba el oxígeno. Voy al lavabo y pongo la cabeza bajo el grifo. El cabreo no tarda en convertirse en pánico. Ha pasado algo grave. Recupero el móvil y empiezo a llamar a los amigos, pero ni Jordi ni Marcel contestan a la primera y el mareo aumenta con cada llamada. Me siento en el suelo y lo vuelvo a intentar. Al final, consigo contactar con Humbert.

Anoche, pasadas las doce, alguien destrozó el coche de Aina, un Peugeot 205 que antes había pertenecido a Jordi. Lo tenía aparcado en la calle, frente a su casa. Rompieron los cristales y abollaron la carrocería de arriba abajo a golpes de palo o a pedradas. Nadie llegó a verlo, pero todo el mundo da por hecho que fue Raül y amenazan con denunciarlo.

Pese a que no dudamos de que sea el responsable, implica una pérdida de papeles que rompe todos nuestros esquemas. Cualquiera de los guiones que habríamos podido imaginar para su futuro inmediato se acaba de convertir en papel mojado. Y él venga a darse cabezazos contra la misma piedra. Estoy seguro de que no soportará un proceso judicial en el que Aina sea la acusación. La vergüenza por el arrebato de anoche lo estará mortificando y no creo que tenga la autoestima suficiente para dar la cara y asumir las consecuencias, por leves que sean. Llegado a este punto, lo mejor que puede hacer es marcharse. Da igual si no sabemos nada de él en tres semanas. Como si no lo volvemos a ver. Lo único que importa es que salga adelante, que escape del remolino que lo succiona hacia la oscuridad.

Alguien plantea la pregunta de si el ataque podría responder a una discusión concreta con ella o si ha sido algo premeditado. Sea cual sea la respuesta, me obligo a verlo como una última pataleta, una veleidad que se le ha escapado de las manos y que, con un poco de suerte, lo apartará definitivamente de Vic. Mientras tanto, repito a todo el que quiera escucharme que las perspectivas no son tan malas, que al menos esta vez no ha descargado la frustración contra sí mismo. Eso demuestra que está mejor que hace tres semanas, digo, e incluso me lo creo.

De la siguiente llamada emerge una voz débil. Es la de Jordi. Suena lejana y reverberada, como si se dirigiera al auricular desde la otra punta de una habitación con grandes ventanales. Utiliza frases lacónicas pero carentes de toda inflexión, como si hablar conmigo fuera un mal trago que quiere quitarse de encima. Un mal trago que tendrá que repetir una y otra vez, hasta que todos los amigos se hayan enterado. Raül está muerto. Ha saltado desde el capó del coche con una cuerda alrededor del cuello y la música a todo trapo.

Cuando cuelgo el teléfono puedo oír el silencio. El ruido de la lavadora, la televisión de los vecinos, los coches abajo en la calle, incluso el zumbido eléctrico, han desaparecido. Echo la persiana y me escondo bajo las sábanas. Cierro los ojos. Busco la posición fetal. Los dedos, entrelazados en la nuca; los codos, apretando las sienes. Me encojo todavía más. Los músculos tensos replegados sobre mí mismo. Quiero ser un cuerpo y nada más: órganos, carne y sangre que circula. Pero solo soy una respiración entrecortada, un gusano que no cabe en el capullo. Siento el vértigo de cuando ya estás cayendo.

Arrojo la manta al suelo y busco el pomo de la puerta, todavía a oscuras. Me tambaleo hasta el lavabo y me enfrento al espejo. Veo unos ojos hundidos bajo las cejas, una mirada seca y asustada, una mueca de angustia en la boca. Cierro el puño derecho y me lo coloco sobre la frente. Presiono con todas mis fuerzas. Hasta que noto los nudillos clavándose en el cráneo. Siento un dolor que es todo mío y, finalmente, se abren las compuertas. Los ojos se me inundan. Las lágrimas se desbordan y dibujan nuevos caminos en mis mejillas. El llanto desencalla los sollozos y libera los gritos.

Una voz me llama desde el comedor. Es mi madre, quiere saber si estoy bien. No puedo dejar que me vea así. Me deslizo hasta la puerta y salgo a la calle. Mastico oxígeno y escupo dióxido de carbono. Corro como un poseído hacia los espacios abiertos más allá de la ciudad. Se ha colgado de un árbol. Al final, se ha colgado. Lo visualizo subido al capó del coche con la soga atada a una rama. Ha saltado de un sitio lo suficientemente alto como para desnucarse. Debe de haber sido instantáneo. Necesito que haya sido instantáneo. Esa será la sombra que llenará mi mirada a medida que descienda por la vida: no saber si murió en el acto o si estuvo diez segundos ahogándose, cagándose en mí por haberle insinuado esa opción. Pero él ha elegido morirse y yo solo puedo seguir andando, vagar sin rumbo para evitar el colapso. He fracasado. Atravieso Vic sin mirar por dónde paso ni si hay alguien cerca. Algunos me paran, me dirigen palabras que no consigo descifrar. Y sigo avanzando. Un pie detrás de otro mientras le digo en voz alta que es un hijo de puta, que qué se ha creído y que no tenía ningún derecho a hacerme esto. Grito «¡mierda, mierda y mierda!» mientras doy puñetazos a cada muro que me sale al paso. No reconozco días ni noches. No sé con quién hablo ni sobre qué hombro lloro. El muerto es él, pero quien se ha convertido en un fantasma soy yo.

Camino entre lamentos e insultos hasta que llego al tanatorio. Su madre deja una conversación a medias para venir a buscarme. Me da un fuerte abrazo que no tengo ánimo de devolverle y se disculpa por la llamada con el abogado. También me dice que no debemos sentirnos culpables, que ninguno de nosotros podría haber hecho nada, porque Raül era así: cuando tomaba una decisión no había quien lo parara y no escuchaba a nadie, pero nos quería mucho y sabía que nosotros también lo queríamos.

La cabeza me da vueltas.

—¿Dónde está?

Señala una puerta y dice que ha quedado muy bien, que tiene aspecto de estar en paz. No entiendo qué quiere decir, pero tampoco puedo quedarme quieto y preguntárselo, así que me abro paso entre sombras de desconocidos que no sé por qué muerte lloran y entro a ver el cuerpo. No tengo intención de despedirme, solo quiero una prueba de que todo esto es una pesadilla. Doy tres pasos hacia el interior de una cámara estrecha, con un sofá en la entrada y un espacio dividido por un muro de cristal. Al otro lado hay un muñeco de goma dentro de un ataúd. No es Raül, es un maniquí de caucho que se le parece vagamente. Tiene su nariz larga y delgada de agujeros anchos, las cejas juntas, incluso su puntiaguda perilla de demonio, pero no es Raül. Alguien lo ha puesto ahí para gastarme una broma, probablemente él mismo.

Paso la vista por encima y doy media vuelta. Atravieso el vestíbulo del tanatorio sin saludar a nadie. Salgo del edificio y echo a andar por un camino de tierra que se aleja de Vic pero no lleva a ninguna parte. Niego y reniego en bucle. El «hijo de puta» se ha convertido en un mantra, un hechizo que repito para neutralizar mis pensamientos. El teléfono móvil no para de sonar, pero soy consciente de que, si me detengo, el peso de los hechos me pellizcará las entrañas y me obligará a aceptar que está muerto, así que lo dejo sonar y sigo avanzando.

Camino hasta un entierro masivo, un entierro que he descrito varias veces en libros anteriores y que siempre es el mismo. Una iglesia barroca en la que no cabe ni un alfiler, con gente de pie al fondo y en los muros laterales, gente que ni siquiera conozco de vista. La mayoría son personas de bien de Vic. Para ellos Raül era un rumor, un bala perdida que veían pasar sobre el monopatín y podían juzgar desde la distancia. No sé si han venido por el morbo o para acompañar a la familia; de lo que estoy seguro es de que apenas conocían al muerto. Mientras, los amigos nos sentamos en el lado derecho del ábside, escondidos detrás de una columna.

El cura habla en términos generales sobre la bondad y el amor, adjudicándole adjetivos ambiguos que podrían servir para cualquier persona. A nosotros nos ciega la impotencia. Nos imaginamos a Raül imitándolo para burlarse de él y nos lo susurramos al oído. Lo visualizamos subido al altar, organizando uno de sus números para escandalizar a toda esa masa de cotillas sin rostro, y por un momento se nos escapa la risa.

Cargo el resentimiento en la mochila y doy un salto hasta esa misma noche. Hay concierto en el local de ensayo. Tocan The Scarlet Letter, unos norteamericanos que hacen *hardcore* chillón. Estaban de gira y una fecha les quedaba colgada, así que Toni les había ofrecido el local. Después del entierro hemos estado hablando y hemos decidido no cancelarlo. Preferimos convertirlo en nuestro ritual de despedida. Hacemos una hoguera con viejas tablas de *skate*, intentamos bailar; queremos que sea bonito, pero solo nos salen muecas. Cuando acaban los yanquis, tocan los Scavenge, la banda que montaron Jordi y Toni tras la separación de SAD. La tristeza los obliga a parar antes de terminar el repertorio. También tocamos tres canciones con un grupo sin nombre. El proyecto había empezado hacía un par de meses y Raül había venido a todos los ensayos, pero morirá esa misma noche, después de tocar dos temas propios y una versión de Wire. Mientras canto lo veo sentado en cuclillas junto a un ampli, con un cigarrillo encendido y una sonrisa pícara. Las lágrimas mojan el micrófono. Me pasa la corriente.

Y sigo caminando. Creo que doy vueltas en círculo porque estamos a junio, han pasado dos meses desde la muerte de Raül y me encuentro de nuevo en un concierto de presentación de *Blaster Kombo*. Hemos publicado un número final (no habrá más) dedicado a él. En su interior, entre otras cosas, hay seis textos extraídos de *Monólogos autobiográficos de un tontolculo*. En las últimas semanas se había empeñado en que esos papeles vieran la luz y ponerlos en un *Blaster* me ha parecido la manera más lógica y sencilla de cumplir su voluntad.

La entrada del concierto es una fotografía de la pintada en la plaza Anna Frank con la frase ¡¡¡VIVA LA MUERTE ELEGIDA!!! La cubierta del fanzine es un dibujo suyo en el que aparece un chico debatiéndose entre una pistola y una carta de amor. Todo tiene un aire a romantización del suicidio algo espinoso. Es cosa mía. Estoy obsesionado por justificarlo, por entenderlo, por defender su acción como una decisión personal, como un gesto que solo le pertenecía a él y que el resto debemos limitarnos a respetar. No quiero perdonarlo, sino convencerme a mí mismo de que no hay nada que perdonar. Es un proceso que durará muchos años, pero que espero dar por cerrado con este libro.

Tras el concierto, Uri Caballero, un amigo de Barcelona que también ha participado en el fanzine, se pasa la noche llorando mientras lo lee en bucle, estirado dentro de la bañera vacía de casa de Laia. El relato que él ha aportado se llama «Anoche me disparé en la boca» y habla de las coincidencias entre la muerte de Raül y la de un amigo suyo. Uri morirá unos años después de forma repentina; será otro golpe durísimo, una hostia rotunda e inesperada, y no puedo dejar de ver ese texto como una premonición.

Camino a través de ese mismo verano sin saber si voy hacia delante o hacia atrás. A mediados de agosto coincido con Jordi en el Sant Feliu Fest y, después de una larga conversación llena de confidencias y abrazos, decidimos montar un grupo juntos. Será la forma de vernos más a menudo. Así también evitaremos que la muerte de Raül nos disperse y que los años buenos del Sucre se pierdan para siempre. La banda se acaba llamando FP y cada canción, cada disco y cada concierto que hacemos se lo dedicamos a Raül.

Con las primeras lluvias de otoño empiezo a escribir una obra de teatro titulada *Res a dir.*[2] Va sobre un chico que ha decidido suicidarse y que la noche anterior invita a cenar a toda la gente que ha querido. Pongo en boca del protagonista las palabras que le habría querido oír a Raül. De algún modo, es la nota de despedida que nunca dejó. Y al final de la obra todos sus

(2) *Nada que decir. (N. del T.)*

amigos, pese a la ineluctable tristeza, consiguen irse en paz, sin incertidumbres ni remordimientos. No la envío a ningún sitio ni intento que se represente; solo la leo una vez, en voz alta, delante de Laia.

En algún momento del invierno me paro a reposar. Me duermo y Raül se me aparece en sueños. Caminamos juntos por el principio de la carretera de Manlleu, a las afueras de Vic. Lleva el *skate* bajo el brazo. Le digo que lo he echado de menos y él me asegura que está mucho mejor de lo que ha estado en mucho tiempo. Realmente tiene buena cara. Cuando llegamos a la rotonda que marca el final de la ciudad, se sube al monopatín y se adelanta unos metros. Se vuelve, me mira a los ojos y me pide que no lo siga, porque a partir de ahí tiene que ir solo. También me dice que no me preocupe por él, que estará bien, y que continúe con mi vida. Echa a patinar por la carretera y yo me despierto.

Tiro adelante hasta el quinto aniversario de su muerte. Hemos organizado otra fiesta y fotocopiado otro fanzine. En el cartel del concierto sale su nombre y una foto del puente del Sucre. Por la tarde, mientras montamos el equipo de sonido, aparecen su madre y su hermana. Vienen a darnos las gracias. A la madre se le quiebra la voz en la segunda frase y todos hemos de contener las lágrimas. La hija se la lleva enseguida, pero verla así ha removido sentimientos que creíamos superados. Unas horas más tarde, el concierto se llena de adolescentes que no llegaron a conocer a Raül. Han venido solo por la música y las cervezas y no puedo evitar odiarlos. Mientras tocamos con FP los increpo y los insulto, les digo que estamos recordando a nuestro amigo y que todos ellos sobran. Canto a disgusto, sin ganas, mientras intento concentrarme en su recuerdo, cada vez más difuso.

Me precipito por el mismo camino de tierra que se aleja de Vic pero no lleva a ninguna parte durante más de quince años. Tiro del hilo y a veces lo pierdo. Crezco y me multiplico, voy a tientas por una vida que a veces se tambalea y a veces se endereza. De vez en cuando me detengo y llevo a cabo un ritual catártico: me siento en una esquina y me pongo a escribir. Me sirve para arrancarme la piel muerta, pero cada vez que lo hago me encuentro con el fantasma de un fracaso a medio digerir y con remordimientos que me golpean donde menos lo espero. De ahí salen novelas y cuentos que en un principio apuntan hacia otras direcciones, pero que están llenos de tintes vivos.

Con el tiempo he ido tomando conciencia y he dado mil formas falsas a la historia que necesitaba contar. También he intentado ponerla en voz alta. A menudo, en horas poco oportunas y sin que viniera a cuento, se la he ofrecido a confidentes improvisados, amigos que casualmente pasaban por allí el día que no tocaba y tenían que soportar que les cayese mi losa encima. Pero todo eran resúmenes nebulosos y, al acabar, me quedaba triste y desorientado durante varios días.

Hasta hoy nunca me había atrevido a contarlo todo, ni siquiera a mí mismo. Tenía que ser capaz de ponerlo en perspectiva, de ordenarlo y mirarlo desde fuera, sin victimismos ni rencores, llamando a cada cosa por su nombre, tal como fue dicho, pensado y vivido por mí. Creo que al fin lo he conseguido, así que aquí la tienes: esta es mi historia, pero también es la historia de Raül.

2019-2023